レジェンドノベルス
LEGEND NOVELS

無色騎士の英雄譚 1

JN189455

contents

レジェンドノベルス
LEGEND NOVELS

無色騎士の英雄譚 1

ミルトン王国地図
大雪原
N
W
E
S
ミシェール山脈
カンギク
北部地方
七大湖
ミシェール巨山
トリス砦
国境
至アルビオン王国
国境
至ラバマ王国
ミルトン王国王都
中部地方
オーガスタ要塞
トリオールの街
西部地方
ネプルーズの街
東部地方
レッドヤードの街
大樹海
国境
至ジョシア公国

序章　前世編

プロローグA　夢を見る

「えっ⁉」

ふと気づいたら崖の上に立っていた。それも馬の背に乗って。

戸惑いに思わず声が漏れるが、すぐに今見ている光景が夢だと気づく。

なぜならば、見渡す限りの大自然なんて、今の日本にあり得ないからだ。

かつては秘境と呼ばれ、そこへ辿《たど》り着《つ》くだけでも四苦八苦の荒行で修験者しか訪れなかったパワースポットですら、今は気軽に行ける観光地と化している。

森を切り拓《ひら》き、必要とあれば山に穴を開けて、川や谷に橋を渡して、車が通れる舗装された道を敷き、そこでの不便がないように電線が張られて、旅館やホテル、土産物屋が作られてゆく。

だが、前方に人工物は一つも見当たらない。

目に見える色は大空の青と白、大草原の緑と点在する森の深い緑、大地の丸さを感じさせる地平の果てに在る山脈の淡い青の数色のみ。

「待て……。冗談だよな？　止《や》めろって……」

しかし、これが普通の夢でないと俺は知っていた。

それだけに嫌な予感がした。馬が一歩、また一歩と進むたび、崖の高さが明らかになってくる。

前方の光景からある程度は予想していたが、それよりもずっと高い。

傾斜が辛《かろ》うじてある壁同然の岩肌を見せる崖斜面の下に豆粒大の人の姿が数千。距離にして、百メートル以上は確実にある。

崖縁に立った途端、吹き上げてきた強い風に前髪が舞い上がり、夢の中の俺が意味不明の言葉を一吠《ひとほ》えして、まさかと息を呑《の》んだ次の瞬間だった。

「おおおおおおおおおおおおおおおおおおおおおおおおっ⁉」

嫌な予感は見事に的中。夢の中の俺は馬の腹を蹴り、その身を崖へ投げ出した。

馬は崖を走ると言うよりも凄《すさ》まじい速度で落下。岩肌へ着地して跳ねるたび、視界が激しく揺れて、ただただ悲鳴をあげることしかできない。

だが、夢の中の俺は見事な手綱捌《たづなさば》きで馬を操り、永遠にも感じた一瞬の後、崖下へ着地を決めると、その勢いのまま間髪を容《い》れずに雄叫《おたけ》びをあげながら右手に持つ槍《やり》を振り上げて、数千の者たちへと斬り掛かっていく。

「ふぅぅ〜〜〜……」

血煙が舞い、首が飛ぶ。

夢の中の俺が槍を振るうごと、返り血が俺の全身を赤く、赤く濡《ぬ》らしてゆく。

剣を持つ者もいれば、槍を持つ者もいる。

最初こそ、崖上からの突然の登場にあっけに取られていたが今は違う。誰もが目を血走らせた必死の形相で武器を振り上げて、俺の命を奪わんと挑んでくる。

端的に言うと、ここは戦場のど真ん中。

普通なら逆落《さかお》とし以上に恐れ戦《おのの》くところだが、俺は胸をホッと撫《な》で下《お》ろして溜息《ためいき》を漏らす。

「ああ、そうか……。久々だな」

その理由は先ほども言ったとおり、これが普通の夢でないと俺は知っているからだ。

夢とは時に突拍子もない光景を見せるが、それはあくまで過去の経験に基づいたもの。

例えば、空は身近にあるため、空を飛ぶ夢は見られるが、知識で知っているだけの存在の宇宙を飛ぶ夢は見られないし、空を飛んでいる浮遊感は高所から飛び降りた際の落下感覚か、水中を潜って泳いでいる感覚に酷似している。

それを踏まえて言うと、今見ている光景も、今抱いている感覚も俺は知らない。

俺は第二次世界大戦後の平和な日本生まれの一般的な日本人だ。殴り合いの喧嘩《けんか》ですら片手で足りる経験しか持たない俺が戦場経験を持っているはずがない。

そもそも、実際に槍を手に持った経験すらない。

武道の経験は柔道と剣道を高校の体育でちょっと齧《かじ》った程度。槍をこうも軽々とは振れない。

言うまでもなく、乗馬なんて高尚な趣味は持っていないし、その経験すら持っていない。

子供のころ、両親に連れていってもらった動物園のふれあいコーナーにて、係員が手綱を引いてくれるポニーに乗った経験が一度だけあるくらいか。

だったら、これは過去に観《み》た映画などの架空の物語の影響かと言ったら、それは違うと断言ができる。

肉を斬り、骨を断ち、命を刈る感覚があまりにもリアルであり、血飛沫《ちしぶき》が飛び散り、首や手が宙を舞い、内臓が零《こぼ》れ落《お》ちる様子があまりにもグロすぎる。今すぐ吐けるものなら、胃の中身すべてをとっくに吐き出しているところ。

恐らく、これは俺であって俺でない俺の記憶だ。

とんちのような言い方だが、そう表現するしかない。オカルト的に言うなら、前世の記憶か。

もちろん、根拠はある。

実を言うと、この俺であって俺でない俺の記憶を夢で見るのは今夜が初めてではない。

初めて見たのは小学校を卒業して、中学校へ入学するまでの間にあった二週間ほどの休みの最中だったと記憶している。

中学、高校のころは多いときで月に三、四度の頻度で夢に現れたが、二十歳を越えた辺りから次第に減ってゆき、今では月に一度見るか、見ないか。この前、見たのはもう二ヵ月半も前だったような気がする。

また、その見る内容は千差万別である。

今見ているような戦場の光景がほとんどになるが、何気ない日常の光景を見るときもある。

それこそ、どう足掻《あが》いても俺では縁すら持てない超美人とのラブシーンすら赤裸々にあるからたまらない。

しかし、本当の意味でたまらないのは翌朝だ。決まって、パンツが冷たく湿っており、その哀《かな》しさたるや涙がホロリと零《こぼ》れるくらい。

これがただの夢でないと断言ができる強い根拠の一つ。

俺は年齢イコール彼女いない歴を哀しくも絶賛更新中。風俗へ行った経験も持っていない。

今の世の中、インターネットを用いたら女体の神秘くらい手軽にいくらでも知ることは可能だが、それそのものは現実での体験がなかったら絶対に知り得ない。

それに俺の嗜好《しこう》を前提にしているなら相手は同じ日本人のはずが外国人である。

容姿自体はアジア系に近いが、髪や瞳の色はヨーロッパ系。喋《しゃべ》っている言語は完全に聞き覚えがなくて、意味が解《わか》らない。

おまけに、夢の中の俺であって俺でない俺はかなりモテモテらしい。

彼女以上の深い関係の女性が十人以上は確実におり、その容姿は可愛《かわい》いロリ系から美人なスタイル抜群系まで幅広い。

それに引き換え、現実の俺は女性と手を繋《つな》いだ記憶ですら遠く風化した過去であり、超幸運を味わった翌朝にパンツを洗っているときは殺意まで抱いてしまうほどだ。

ついでに強い根拠をもう一つ。

剣や槍、騎馬を戦争に用いている時点で解ると思うが、この夢の中の世界は文明、文化のレベルが明らかに古い。

プラスチック製品はもちろんのこと、鉄製品やガラス製品もほとんど見かけないところから考えると古代と中世の中間くらいの時代かもしれない。

「あっ!?」

不意に霧が立ち込めて、それがどんどんと深くなり、目の前の光景が急速に白く染まってゆく。

これが現実なら慌てるところだが、俺は知っていた。これは現実世界の俺が目を醒《さ》まそうとしているのを知らせるこの夢特有の合図である。

それだけに残念なことが一つあった。

この夢に登場する女性はいずれも可愛い、あるいは美人だが、その中でも特に俺の好みにバッチリと嵌《は》まる女性がいる。

三つ編みにした栗色《くりいろ》の髪を腰まで垂らしている蒼《あお》い目の女性だ。

もし、この夢に登場する女性たちでコンテストを開催したら、彼女は絶対に一位は獲《と》れない。

残念ながら彼女は胸が絶望的に薄いため、俺の贔屓目《ひいきめ》の心証を加えたとしても、四位か、五位がやっとだろう。

だが、俺は彼女が気になって、気になって仕方がなかった。

彼女が夢に出てきたら、もう幸せ一杯。その仕草の一つ一つに胸はドキドキと高鳴り、その光景がラブシーンに及ぼうものなら翌朝の俺のパンツはとんでもない状態になる。

思春期真《ま》っ只中《ただなか》のころは特にひどかった。

何かの病気を患っているのではないかと真剣に疑ったくらいパンツはとんでもないを軽く通り越

して、悲惨な状態になり、その日は朝からグッタリと疲労困憊《ひろうこんぱい》。学校をサボったのは一度や二度ではない。

それ故、これが夢だと解って落ち着いた際、彼女の登場を期待した。

だが、今までの経験から言って、彼女が登場するのは日常の場面のみ。戦場の場面で登場した前例はない。

「やっぱり、あの娘《こ》は出てこないか……」

半ば諦めていたが、半ば期待もしていた。

落胆に溜息を漏らすが早いか、視界は真っ白に染まり、うるさかった戦場の音も遠ざかってゆく。

＊

「んあっ……」

携帯電話が奏でる目覚ましのメロディーに目が醒め、上半身をベッドから起き上がらせる。

口を大きく開け放ち、あくびを一発。今すぐにでも上半身をベッドへ戻して、至福の二度寝を決め込みたくなるが、そんな自分を先刻承知の俺である。

携帯電話はパソコンデスクの上にあり、ベッドからは手が届かない。

即《すなわ》ち、目覚ましを止めたかったらベッドから下りて、パソコンデスクまで歩く必要があり、その三歩の間に意識は否《いや》でも応《おう》でも覚醒する寸法になっている。

しかし、今朝は二度寝以外にも目を醒ましたくない理由がもう一つあった。

つい今さっきまで見ていた夢は本当なら見てはならないモノとでも言いたいのか、目が醒めた途端に夢で見た内容は瞬く間に朧気《おぼろげ》な記憶となり、十分ほどで完全に忘れてしまうからだ。

以前、ノートを枕元に置いて、目が醒めたら即座に夢の内容を書き留めようとしたが、この目的も忘れてしまうために駄目だった。最終的に残るものと言ったら、奇妙な夢を見たというもどかしさだけ。

その癖、俺であって俺でない俺の目を通した光景を夢で見ているときは以前に見た内容の記憶が繋がっているのだから不思議でならない。

今、憶《おぼ》えている先ほどの夢の内容もすぐに忘れてしまうのだろう。それが毎度のことながら惜しくて、どうすることもできない悔しさに舌打ちを鳴らそうとしたそのときだった。

『おはようございます！　今朝は良い天気ですね！

今日は五月の第二日曜日、母の日です！　皆さん、カーネーションは用意しましたか？　さあ、今日も張り切っていきましょう！』

「糞《くそ》っ……」

どうやら昨夜はテレビを点《つ》けっぱなしで寝てしまったらしい。

目覚ましの喧《やかま》しさを凌駕《りょうが》して、朝を告げる女子アナの元気ハツラツな声が耳へ届き、俺の眠気は一気に吹き飛んで目が醒めた。

プロローグB　ある五月の第二日曜日の出来事

「はぁ……」

唯一の財産と言える軽自動車から降りて、溜息を漏らす。

最近、ローギアの加速が鈍い。気のせいか、エンジン音も少しうるさくなったような気がする。

ひょっとして、故障だろうか。そうだとするなら、再来月に巡ってくる車検の費用が怖い。

もっとも、情けない話ではあるが、その費用を用意するのは俺ではない。

俺は俗に言うニート。それも最後に金を稼いだのは四年も昔であり、それなりに蓄えていた貯金はとうの昔に使い果たしている。

さて、突然で申し訳ないが問題を一つ。

親のスネどころか、その骨まで齧《かじ》っているうえにしゃぶってまでいる厚顔無恥なニートでさえ、どうしても自宅にいづらい日がある。それはいつか。

『月曜日』と答えた諸君。君は一般人か、まだ学生か、あるいはニート超初心者だ。

学生なら何でもチャレンジして、一生懸命に頑張れ。社会人なら今の職を最後の最後まで手放そうとするな。

もし、ニートなら諦めてはいけない。おまえはまだただの無職に過ぎず、今すぐにでも現役復帰はやる気次第でいくらでも可能だ。

国が定める雇用保険制度はとても優れた制度ではあるが、それに胡座《あぐら》をかいて余裕ぶっていてはいけない。失業給付が支給されているうちに何が何でも再就職をしろ。

『誕生日』と答えたおまえ。残念ながら、おまえはニート初心者だ。

だが、年齢を無駄に重ねている現実を恥じているうちはまだまだ間に合う。今すぐ、求人雑誌を買いに走れ。

今の世の中、給与面を筆頭に待遇が悪いところばかりだが、プライドは捨てろ。面接に落ちても気に病まず、自分を採用しなかった企業の愚行を笑ってやれ。

もし、『母の日』と答えたおまえは俺と同じニート中級者だ。

その日が迫ってくると、テレビが、ネットが、コンビニが、スーパーが、デパートが俺たちを責め立ててくる。

格好の話題として特集を組み、定番のプレゼント『カーネーション』が店頭に大々的に並び、大の大人がこの程度のプレゼントも買えないのかと情けなさを思い知らせてくる。

たとえ、買ったとしても貯金が尽きた今、そのお金は何処《どこ》から来たのかと言ったら、母親の財布から。

子供ならまだしも、それをプレゼントと呼んでよいものなのか。まだ手作りの肩たたき券を渡したほうがマシな気がする。

当日ともなったら、その気まずさはマックスに達する。

今朝は朝食を食べた後、日課のネットサイトを軽く巡り、家をそそくさと出てきた。

しかし、財布の中身は野口《のぐち》さんが一人と小銭が数枚。夜までどう過ごしたら良いやら。

そう言えば、子供のころに読んだ伝記漫画によると、野口英世《ひでよ》はとても母親思いだったらしい。

それをふと思い出して、ちょっと鬱《うつ》になる。

余談だが、ニート上級者とニート神の答えは知らない。

さすがの俺もその境地にはまだ至っていないし、至ろうとも思っていない。

ニートがニートと呼ばれなくなる三十五歳まであと二年とちょっと。その年齢までには何とかしたいと考えている。

「あーーー……。うるさい」

そんなことを考えながら目的地の自動ドアの前で立ち止まる。

右手をタッチセンサーへ伸ばして、自動ドアがゆっくりと開いた途端、俺の悩みなど吹き飛ばすほどの喧《やかま》しさが中から溢《あふ》れ出《だ》す。

思わず立ち止まって、辺りをキョロキョロと見渡すが、俺のことを気にする者など一人もいない。全員が全員、自分の目の前の出来事に集中している。

ここは老若男女が集い、絵柄や数字が揃《そろ》うのに一喜一憂して、天国と地獄を味わえる大人の社交場『パチンコ店』である。

ただし、ここへ来た目的は遊びではない。その昔、俺がまだブラック企業の社畜戦士だったころ、先輩から誘われて、初挑戦で大勝ちをして以来、足繁《あししげ》く通ったものだが、今はとっくに足を洗っているし、それ以前に遊ぶ金がない。

なにしろ、ここはたったの五分と保たずに野口さん一人が消えてしまう恐ろしい世界だ。

最近は世の中のニーズに合わせた低価格レートの遊戯台も存在するが、それでさえも三十分と保たない。

大当たりを引きさえしたらなんて甘い夢は見ない。

先ほども言ったが、財布の中身は野口さんが一人と小銭が数枚。今日の昼飯代と夕飯代であり、これがなくなったら家に帰るしかなくなる。

だったら、何を目的にパチンコ店へ訪れたのかと言ったら、お目当ては休憩室。

すべてのパチンコ店に存在するわけではないが、この店の休憩室はサービスが特に際立って素晴らしい。

店内の騒音が気にならない程度の防音処理が施されており、リクライニングチェアー、マッサージチェアーがそれぞれ五つ。

小さな漫画喫茶と言えるくらいに週刊誌やコミックが書棚にずらりと並んでおり、お茶やコーヒー、紅茶などのソフトドリンクが飲み放題ときている。

それこそ、某公園前派出所警察官の長寿漫画が全巻揃っている充実っぷり。

今日の俺の目標は某元暴走族サラリーマンの成り上がり漫画を全巻読破。これだけで一日は軽く潰れる。

そう、ここは誘惑に負けない断固たる決意を持ってさえいたら、暇潰しにもってこいの場所。

俺が住んでいる地域の最大店であるため、客の出入りはとても激しく、休憩室に入り浸っていても店員から白い目で見られないのも良い。

「ふぁっ⁉」

だが、その断固たる決意を揺るがす奇跡がそこに輝いていた。

休憩室へ向かう道中、客が比較的に疎《まば》らなパチスロコーナーを歩いているとき、それが何気ない視界の中に飛び込んできた。

一旦、その場を通り過ぎるが、ありふれた光景の中にあった異常事態に気づいて緊急停止。慌てて後ろ歩きに一歩、二歩、三歩と戻る。

幸いにして、店内の騒がしさが俺の奇声を掻《か》き消《け》してくれたらしい。

辺りをキョロキョロと見渡すが、俺を注目する者は誰一人としておらず、胸をホッと撫で下ろしながら改めて視線を驚いた理由へ向ける。

「こ、これ……。あ、当たってね？」

一応の建て前上は違うが、パチンコ機も、パチスロ機もその実はギャンブル機なのは誰もが知る公然の秘密であり、金銭が大きく絡むギャンブル機故にはかない運命を持っている。

各開発メーカーから百機種以上のパチンコ機、パチスロ機が一年の間に発表されるが、客が付かない不人気の機種は店から即座に撤去されてしまい、発表されてから一年後に残っている機種はそう多くない。

逆に言ったら、人気がありさえしたらずっと残り続ける。

目の前のパチスロ機が正にそれだ。技術の進歩と共に演出が複雑化、派手化してゆく流行の中、昔ながらのドラムロールと音楽、ランプのみのシンプルさで根強い人気を誇り、パチスロ機のルールが上からのお達しで変わっても、それに合わせた後継機が作り続けられている。

こういった後継機は演出面も踏襲しているのが常だ。

開発メーカーは下手に弄《いじ》って、人気が落ちるのを恐れる。新しい部分を加えても大事な部分は絶対に変えようとしない。

だから、昔取った杵柄《きねづか》と言うか、何と言うか。

目の前にパチスロ機シリーズが置いてあったら、目が自然と行く場所がある。それがドラムロール左下の『ＧＯＧＯ！』ランプである。

なぜならば、そのランプが輝くときこそ、当たりが内部的に確定した状態だからだ。

次のゲームで大当たりか、小当たりを引ける合図を意味するソレが、パチスロ機の前に誰も座っていないにもかかわらず、燦然《さんぜん》と輝いていた。

クレジットを確かめると、二つのゼロが並んでおり、入っていない状態。

パチスロ機からコインが吐き出される下皿にもコインは一枚も置かれておらず、トイレなどの所用の際に台の確保を意味する煙草《たばこ》の箱やライターなども置かれていない。

つまり、この目の前のパチスロ機は誰も遊んでおらず、当たりが何らかの理由で放棄されたという証《あかし》に他ならない。

今一度、通路の前後をキョロキョロと見渡すが、ここのパチスロコーナーにいる客は二人。左側の列は四台先に、右側の列は六台後ろにいるが自分の遊戯に夢中でこちらへ視線すら向けない。

中央の通路に立っている店員は目が合ってもニッコリと微笑《ほほえ》んで会釈するのみ。

もはや、偶然と偶然が重なって奇跡となり、客も、店員も、店自体も、この信じられない状況に気づいていないのは確実だった。

「い、良いんだよな？」

躊躇《ためら》いながらも椅子に腰掛け、なけなしの野口さんを震える左手で戦場へと投入する。

久々のパチスロである。貸出機から吐き出されてくるコイン五十枚の音を聞きながら備え付けの遊戯カードを凝視して、パチスロ機のドラムリール表を目に焼き付ける。

「ふぅぅぅぅ〜〜〜〜〜〜……」

心臓が痛いくらいにドキドキと高鳴っていた。

気持ちを落ち着けようと大きく深呼吸をするが、その吐き出した息さえも震えていた。

コインを投入。決意に頷《うなず》き、レバーを叩《たた》く。

目の前でクルクルと回るドラムロールと脳内に焼き付けたドラムロールが次第に一致してゆき、赤い『7』の煌《きら》めきを狙ってボタンを押す、押す、押す。

「7、7……。7っ!?」

そして、ドラムロールに赤い『7』が三つ揃うと共に奏でられる軽快な音楽。

興奮と喜びは最高潮に達した。この店の換金率は忘れたが、これで野口さんが四人か、五人に増殖したのは間違いない。

ところが、ところがである。興奮も、喜びもまだ終わっていなかった。

母の日のプレゼントにカーネーションとケーキを買って帰れる。そう考えながら至福のボーナスゲームを終えて、席を立とうとした次の瞬間だった。

「えっ!?　……ええっ!?」

またもや、『GOGO!』の演出ランプが燦然と輝き、思わず我が目を疑うと共にケツが驚きのあまり椅子から浮いた。

*

「むふふっ……」

幸せを感じながら外灯に照らされたパチンコ店の広い駐車場を歩く。

顔が堪えきれずに緩み、笑みが自然と零れる。本音を言ったら、歌を大声で歌いながらスキップを踏みたいくらいの気分だった。

今、俺の財布の中には福沢様がなんと二十三人。

二回目の大当たり後も大当たりのラッシュが続き、その後は少し沈みかけるも大復活。大当たり街道を爆走まっしぐら。

昼飯も、夕飯も食べず、トイレのために立つ時間すらも惜しいと感じるくらいにひたすら打ち続けて、店員さんに肩を叩かれて気づいたら閉店時間。大当たり街道はまだまだ続きそうな気配で非常に名残惜しいが、その時点で終了となった。

福沢様がこれだけの人数いたら、カーネーションどころの騒ぎじゃない。最新型の洗濯機が余裕で買える。

最近、我が家の洗濯機は洗濯槽の共振音が近所迷惑な騒音レベルでひどくなり、夜間の使用は絶対禁止の代物になっていた。

とーちゃんとかーちゃんは『まだまだ使えるから』と笑って言うが俺は密《ひそ》かに知っている。

自宅から車で約三十分の距離にある大型電器店の安売り広告チラシが新聞の折り込みに入ってくるたび、それを眺めてはもう二年近くも買い替えを悩んでいるのを。

それなら、母の日のプレゼントに買ってあげようじゃないか。

ただし、今の時刻は十一時ちょい前。当然ではあるが、こんな時間に営業しているのは居酒屋くらいのため、今日はさすがに無理だ。

だから、明日はとーちゃんとかーちゃんを誘って、洗濯機を買いに行こう。

その帰りの夕飯は寿司《すし》に決定だ。最近は寿司と言ったら、スーパーのパック寿司だが、明日は子供のころに何度か連れていってもらった寿司屋へ行き、思う存分に食べてもらう。

それとも、焼き肉のほうが良いだろうか。

どちらにせよ、とーちゃんも、かーちゃんも、きっと驚くに違いない。その顔が今から楽しみで仕方がない。

「くっくっくっ……」

洗濯機と明日の夕飯、その二つに散財しても福沢様はまだまだ残っているはずだ。

所詮はあぶく銭である。こういうお金はちびちびと使うより、大きくドカンと使ったほうが後悔は少ない。

何を買うか、実に悩んでしまう。

普段は欲しい物をいろいろと考えるが、いざ買えるとなったら迷う。

やはり、新しいパソコンだろうか。

最近、起動がすっかり遅くなって待っている最中にイラッとすることが多い。

それとも、最新型のスマートフォンか。

通話とメールの二機能だけしか使わない俺は今使っているガラケーで問題はないが、最近はスマホ専用のゲームが気になる。

それとも、それとも、今遊んでいるネットゲームに重課金をしちゃうか。

日頃は無課金主義の崇高さを訴えている俺だが、本音はレアが欲しくてたまらない。俺TUEEEがしてみたい。

なんと幸せで贅沢《ぜいたく》な悩みだろうか。

この瞬間が永遠に続けば良いのにと思いながら、駐車場の隅に置かれた自分の車へ辿《たど》り着き、ズボンのポケットから車の鍵を取り出して、キーレスエントリーのボタンを押したそのときだった。

「んっ⁉　……あぐっ⁉」

こちらへ近づいてくる駆け足の音が背後から聞こえ、反射的に振り返ろうとした瞬間、背中を固い棒のようなモノで殴られた。

その激痛と衝撃に仰《の》け反《ぞ》りながら蹌踉《よろ》めき、突き出した両手で車を支えに踏ん張ろうとするが、自分の足がまるで他人のもののように言うことを聞かない。

「うがっ⁉」

続けざまに脳天へ強烈な一撃。

視界が大きく揺れて、バランスを取るために片膝を落とすが、片膝を落とした体勢すらも堪えられず、その場に崩れ落ちる。

「はぁっ、はぁっ、はぁっ、はぁっ、はぁっ！」

「な、何を……」

誰かの荒い息遣いが頭上で聞こえる。

ぼやける視界で見上げると、駐車場の眩《まぶ》しいライトを逆光に背負う男がおり、その顔に見覚えがあった。

パチンコ店へ現れたのは夕飯時を前に客が少し減り始めた夕方ごろだったか。

俺の五つ左隣の席に座っていた男で間違いない。悪態をつきながら台を何度も苛立《いらだ》ち気味に叩いていたため、記憶に印象強く残っている。

「うるせぇ〜よ！　昨日と今日で十六万だぞ！　十六万！

おかしいだろ！　普通、これだけ使ったら、一回くらいは当たりが来てもいいだろうが！

その癖、てめぇは簡単にぱかぱかと当てやがってよ！　店とグルなんだろ！　店に甘いもんでも渡してんのか！」

「ち、違っ……。ぐぐぅっ⁉」

どうやら、そのときの様子と唾を飛ばして怒鳴っている内容を合わせて察するに男は随分と負けたらしい。

それで何をとち狂ったのか、正反対に大勝ちした俺へ八つ当たりとは理不尽にも程があったが、それが解ったところで今の俺になす術はなかった。

反論をちょっと口にした途端、男は更にいきり立って、殴る蹴るの暴行。今の俺にできることと言ったら、せいぜい頭を抱えながら身体《からだ》を丸くすることだけだった。

「おら、俺の金を返せ！　さっさと寄こせって言ってるんだよ！」

「や、止めろ……。うぐっ⁉」

「うるせぇ！　遠隔なんだろ！　こっちは知ってんだよ！　ダボが！」

挙げ句の果て、俺がせっかく摑《つか》み取《と》った幸運を奪い取ろうと、男は財布が入っている右の尻ポケットへ手を伸ばしてきた。

慌てて財布を守ろうとポケットを右手で押さえるが、それがまずかった。ガードがガラ空きになった頭へ棒が振り下ろされて、目が飛び出そうな痛みと一緒に熱いモノが額から溢れ出てくる。

ここで今更ながらに気づく。

先ほどから何度も殴っている棒は木でもなければ、プラスチックでもない。

どう考えても、それは鉄の固さであり、鉄の棒を躊躇いもなく人の頭へ振り下ろせる人間がいるなんて、とても信じられなかった。

恐怖のあまり股間が生暖かくなってゆく。

もはや、抵抗する気力を完全に失って、されるがままに任す。今という瞬間が一秒でも早く終わることだけを願う。

「何だよ、これ！　やっぱり、おかしいだろ！

どうして……。ちっ！　まあ、良い！　いくらかは知らねぇ～が利子も貰《もら》ってゆくからな！」

至るところを打たれて、何処が痛いのかが解らない。

とにかく、全身が痛かった。痛くて、痛くて、熱かった。

財布は奪われてしまい、小銭を除いた中身をすべて抜かれて、財布が投げ返される。

仕打ちが理不尽なら、捨《す》て台詞《ぜりふ》まで理不尽であり、何かを一言くらい怒鳴ってやりたかったが、意識が朦朧《もうろう》として、頭も回らなければ、口も回らない。

「おい！　何をやっている！」

「誰か！　警察だ！　警察を呼べ！」

「ちっ……。じゃあな！　次、この辺りでまた見かけたら承知しねぇ～からな！」

その後、どうなったのかは解らない。

瞼《まぶた》が急速に重くなってゆき、つい先ほどまでは痛くて、痛くてたまらなかった全身の痛みが不思議と消えていた。

不意に次々と浮かんでは消えてゆく過去の記憶。

自分自身ですら忘れていたソレが克明に蘇《よみがえ》ってきて、懐かしさを感じる。

「か、かーちゃん……」

最後に浮かんだのは『おまえはやればできる子だから』と俺を慰めるときにいつも浮かべるかーちゃんの苦笑だった。

それも高校一年の冬に赤点を取り、初めての大きな挫折に随分と落ち込んだときのもの。よりにもよって、これかと俺も苦笑を浮かべる。

「こいつはひどい……。救急車だ！　救急車も呼べ！」

「えっ!?　コンビニが何ですか？　しっかりしてください！」

うん、頑張るよ。黙っていたけど、実は来月からコンビニのバイトが決まったんだ。

この歳《とし》でコンビニのバイトはちょっと恥ずかしいから、地元の連中と会わないように少し離れた場所だけど……。

うん……。今度こそ、頑張るよ。俺……。

第一章　村人編

第一話　今はまだ何も知らず

「何処《どこ》だ？　何処にいる？」

鬱蒼《うっそう》とした森の奥深くを半日以上も歩き続けて、収穫は野ウサギがたったの一羽《わ》。

その収穫量の少なさから『いる』という確信はあったが、それはどうやら正解だったらしい。

姿は見えないが視線を確かに感じる。

焦る心を落ち着けようと深呼吸を一回、二回、三回と繰り返して、四回目の息を素早く飲む。

杖《つえ》代わりに持っていた左手の樫《かし》の木で作った身長大の棒の尻で大地を叩《たた》き、それを手放すと同時に背後へ右回りで振り向き、腰の右脇に着けていた短弓を空いた左手に持ち、背負った矢筒から抜いた矢を右手に持つ。

「そこか！」

即座に矢を弓に番《つが》えると共に弦を引き絞っての速射。

矢はやや弧を描きながら飛び、狙いを違《たが》わずに十五メートルほど先に生い茂っている藪《やぶ》の中へと飛び込む。

「ガウウゥゥッ!?」

その瞬間、凄《すさ》まじい雄叫《おたけ》びが森に轟《とどろ》いた。

俺の勘は正しかった。藪を激しく揺らして、その中から茶色い毛並みをした巨大なクマが現れ、俺へと猛突進してくる。

正面からは俺が放った矢は見当たらない。

ケツにでも刺さったかと苦笑しながら二本目の矢を弓に番える。

次は慎重に狙いを定めての精密射撃。

大地をドタドタと重く踏み鳴らす音だけを聞いたら鈍重そうだが、その実は思っているよりも素早く接近してくるクマに慌てず落ち着いて矢を放つ。

「ガウウゥ～～ッ！」

先ほどとは違って、弦を限界まで強く引いて放たれた矢は真《ま》っ直《す》ぐに突き進み、鈍い音をブスリと立てながらクマの眉間に見事命中。

これにはさすがのクマも突進を止めた。四《よ》つん這《ば》いの状態から立ち上がり、その激痛を訴えるように両手を上下にバタつかせながら悲鳴をあげる。

予想していたより随分と大きい。まだ約五メートルは離れているにもかかわらず、見上げるほどの大きさだ。多分、全長四メートルは確実にある。

「行くぞ！」

だが、驚いている暇などない。

今こそ、絶好のチャンス。弓を投げ捨てて、まだ倒れずに隣で自立している身長大の棒を両手に持ち、今度は俺がクマへと突進する。

「うらあああああああああああああああああっ！」

「ガフッ!?」

そして、裂帛《れっぱく》の気合を放ちながら棒をクマの喉元目がけて突き出す。

手応えは十分。棒を通して反動が伝わり、後方へと弾《はじ》き飛《と》ばされるが、クマも後方へとたたらを踏む。

「ふん！」

すかさず強く踏み込んでの一足飛び。

完全に悶絶《もんぜつ》して、防御がガラ空きになっているクマの土手っ腹へ全身の捻《ひね》りを加えた渾身《こんしん》の突きを放つ。

「ガブブッ!?」

クマが巨体を『く』の字に曲げて、酸っぱ臭い反吐《へど》を撒《ま》き散《ち》らす。

だが、まだ終わらない。この森の王者にふさわしいタフさを発揮して、すぐに体勢を立て直すと、その豪腕を振るって反撃してくる。

常人が喰《く》らったら、命を簡単に散らしてしまう必殺の一撃である。

その力強さはもちろんのこと、鋭い爪が凶器となり、少し掠《かす》めただけで肉を深く抉《えぐ》られてしまう。

去年、それを俺は実際に喰らっている。

文字どおり命からがら逃げ延びたが、激痛と高熱にうなされる一週間が続き、その後は一ヵ月ほど寝込み、完全復帰するのに一季節もかかった。

あれから約一年。傷跡は未《いま》だに四本の線を描いて胸元に残っている。

今、それが熱さと疼《うず》きを放ち、当時の恐怖をまざまざと蘇《よみがえ》らせて、今すぐ背中を向けて逃げ出せと強く訴えてくる。

「だが、当たらなければ、どうということはない！」

「ガウガ！」

しかし、強気な発破をかけての自己暗示。俺は逃げない。

逆に前へ進み出ながら身体《からだ》を反らして必殺の一撃を避けると、クマは間髪を容《い》れず左腕の一撃も続けざまに振り落としてきた。

どうやら、クマはこれを最初から狙っていたようだ。

早すぎる二連撃はとても避けきれず、死中に活を求めて、反っている身体を戻した勢いを加えた棒の巻き払いを放つ。

「貰《もら》った！」

その結果、カウンターが決まって大成功。

クマは左腕を外側へ弾《はじ》かれ、身体を左に捻り仰《の》け反《ぞ》り、その一方で右腕は振り落ろしているために身体の右は沈み、今にもバランスを崩してしまいそうな左右がちぐはぐの体勢となる。

千載一遇の好機に勝利を確信して、前方へ踏み込みながら大地を棒で突き、棒高跳びの要領でホップ。

一旦、クマが振り落ろしている右腕を足掛かりにステップを取り、そこからジャンプ。クマの首へ左腕を回して摑《つか》むと、その肩の上へ強引に飛び乗る。

慌ててクマが俺を振り落とそうとその巨体を左右に振るが遅い。

右足のブーツに仕込んである短剣を引き抜き、クマの喉へ深く突き刺すと共に斬り裂く。

「ガウウウゥゥ〜〜ッ!?」

おびただしい血が噴水のように噴き出して、周囲を真っ赤に染める。

クマは痛みと苦しさに巨体をより左右に震わすが、振り落とされる前にクマから飛び降りて、すぐさま十メートルほど十分な間合いを取る。

短剣はクマの喉へ突き刺したまま。

棒も、弓も、クマを間に挟んだ向こう側に落ちている。

これで駄目なら残る武器はこの身一つ。拳と蹴りしか残っていないが、まず大丈夫だろう。

「ガウ!　ガウウ!　ガウッ……」

案の定、クマはまだやれると果敢に吠《ほ》えて、俺へと向かってくるが三歩と歩かずに膝を折った。

首から噴水のように噴き出していた血が勢いを次第に弱め、それが止まると同時にクマは前のめりにゆっくりと倒れてゆき、その巨体の重さに森が小さく揺れる。

「はぁ……。はぁ……。はぁ……。はぁ……。よっ……。よっしゃあああああああああああああああああああああ！」

時間にしてみれば、数十秒程度の短い戦い。

急激に襲ってきた疲労感は凄まじかったが、それを上回る達成感は心に満《み》ち溢《あふ》れ、肩を激しく上下させる荒い息を無理やりに飲み込むと、両拳を天高く掲げながら勝利の雄叫びをあげた。

*

「ふふふふんっ、ふふんっ！　ふんふんふんふんふっ！　ふんふふっふんふんふーんっ！」

どうしても堪えきれず、顔が自然とにやけてくる。

クマを短剣で解体しながら、ついつい口がハミングを勝手に口ずさんでしまう。

なにしろ、今いる山を丸ごと縄張りにする猛者《もさ》を倒したのだから当然だった。

獲物の貴重さ、大きさもさることながら、これで今までクマの胃袋に収まっていた分の獣たちが生き延びることになるのが実に喜ばしい。

それは詰まるところ、山が獲物で豊かになることへ繋《つな》がり、それらを狩るのを生業《なりわい》とする俺としては来年以降の生活が今以上に豊かとなるのが約束されたようなもの。嬉《うれ》しいに決まっている。

もちろん、いずれは新たな山の主が現れるだろう。

それが大自然の摂理というものだが、三年、四年は大丈夫なはずだ。うまくしたら、十年は安泰かもしれない。

ちなみに、今口ずさんでいるハミングはある魔法少女アニメのオープニングテーマ曲である。

深夜放送だったにもかかわらず、可愛《かわい》い絵柄とは裏腹にダークな内容が世間的にも話題となって流行《はや》り、その当時は興味を持っていなかったが、俺が駄目人間な『ニート』となり、暇ばかりを持て余すようになってから随分とハマり、今でもご機嫌なときは口ずさんでしまうくらい好きだった。

もはや、この説明で解《わか》ったかと思う。

アニメという発達した文明先進国『日本』の文化を知りながら、その『日本』ではまれになってしまった猟師という職業を猟銃も使わずにやっている俺はいわゆる『転生者』と呼ばれる前世の記憶を持つ者だ。

初めて、それに気づいたときは驚いた。

いや、戸惑ったと言ったほうが正確か。なんと金髪美人のお姉さんがいきなり胸元をはだけさせたと思ったら、桜色のポッチを微笑《ほほえ》みながら『さあ、しゃぶれ』と差し出してきただけに。

しかし、こんなチャンスは二度と巡ってこないかもしれない。

当時、恥ずかしながら年齢と彼女いない歴がイコールで繋《つな》がっていた童貞の俺は是非もなしと遠慮なく頂いた。それはもう全力全開のペロペロのレロレロで。

お姉さんが身体を震わせてむず痒《がゆ》がり、甘噛《あまが》みした際に甘い吐息を漏らしながら身体をビクッと跳ねさせたときは感無量だった。正に『我が生涯に一片の悔いなし』である。

だが、お姉さんが首を不思議そうに傾《かし》げて、俺の名前を呼んだ瞬間、すべてを直感で悟った。

パチンコ店の駐車場で死んだはずの俺が新たな人生を得ていると。その金髪のお姉さんが新たな人生における母親であり、自分が赤ん坊になっていると。

その途端、死の記憶がまざまざと蘇ってきた。

恐ろしさのあまり助けを必死に叫んだが、舌足らずな口はただただ泣き喚《わめ》くだけ。

本当にまさか、まさかの事態。生まれ変わりを題材とした漫画やアニメ、小説は数多く知ってはいたが、自分の身に起こるとは思ってもみなかった。

幸いにして、当時の俺は生きるための食事すら両親の補助が必要な赤ん坊。

時間だけはあり余るほど豊富だったため、いろいろと深く考えさせられた。お約束なオムツ替えの羞恥プレイに堪え忍びながら。

とにかく、過ぎてしまったことをくよくよと悔やむのは止めた。

そうでなければ、今の俺を自分たちの子供として愛を注いでくれた今の両親に申し訳なかった。

鼻が曲がるほどの大便をブリブリと漏らしても、それを嫌な顔一つせずに微笑んでかたづける両親を見ていたら自然とそうなった。

無論、俺の死後、前の両親がどうなったかは気になったが、気にしたところで知る術がない。世界そのものが違うのではどうしようもない。

どうして、それが解ったのかと言ったら、一目瞭然。

この世界の夜空には紅《あか》い月と蒼《あお》い月の二つが存在するからだ。

文明や文化の進み具合も違う。

地球の文明レベルで例えるなら、中世より少し前のような気がする。

製鉄技術は存在しても鉄製品は高価であり、生活用品は木製が主流になっている。

ガラスはもっと高価だ。小さいモノなら安い宝石扱いで見たことはあるが、窓と言ったら木窓でガラス窓は一度も見たことがない。

そして、ここが異世界だと断言ができる何よりの証拠。魔法が存在する。

正確に言うと、魔術と神術。その技術を知る者は世界の助けを借りて、地球上では起こし得ない奇跡を起こせる。

「さて、火を焚《た》くか。火打ち石はっと……」

当然、興味を覚えて、元神官だった過去を持つらしい母親に師事を申し出たが、その結果はご覧のとおり。

魔術、神術を教わるうえで初歩の初歩とされるライター程度の火すら灯《とも》せない。前世からの夢は捨てるしかなかった。

才能は確かに感じるが、何かが邪魔をしている。

母親は首をしきりに傾げながらそう言ってくれ、それを当時は親の子を思う慰めと感じていたが、その意味が今なら理解できる。

俺が魔術、神術を使えないのは前世を持つがための弊害だ。

前の世界の常識に引っ張られて、最初からできない、あり得ないと思い込んでいるのが原因らしい。

以前、住んでいる村へ立ち寄った魔術師から似たようなことを言われて、なるほどと頷《うなず》いた。話を詳しく聞くと、似たような思い込みを持っているために才能はありながらも魔術が使えない者は意外と多いのだとか。

さて、転生と言ったら、強くてニューゲーム的な転生特典。

生まれ変わりを題材とした漫画やアニメ、小説に欠かせないと言っても過言でない天稟《てんぴん》と呼ぶべき何らかのチート要素である。

やっぱり、俺も赤ん坊から子供になり、今へと成長してゆく過程でそれをおおいに期待した。いつか、素晴らしい何らかの才能に目覚めるのだと。

まずは容姿がチートなのか。

前世の基準で評価すると、父親はイケメン、母親は美人で間違いない。

その二人の血を受け継ぎ、髪は父親譲りのアッシュブロンド、目は母親譲りの蒼い瞳。前世に比べたら、断然にイケメンと言える。

しかし、この世界の基準で評価するには、サンプルが少なすぎるために解らない。

テレビも、インターネットもないこの世界で俺が知っている世界は住んでいる村と猟を行っている幾つかの森しかない。村から二本の街道が延び、その先に二つの村が存在するが、俺はどちらも行ったことがない。

そのうえ、俺が住んでいる村は国の北西最端に位置する超ド田舎。

街道が延びる先以外の方向は決して越えられない険しい山脈が連なっており、そんな事情から旅人が村を訪れる回数は一年に両手で足りるほど。あとは季節の始めに訪れる行商人のおっさんしかいない。

要するに人口が二百人程度の小さな村の中で容姿はあまり意味を持たない。

極めて醜悪なら話は別だろうが、大事なのは性格であり、常々から真面目に働いているかどうかでもてはやされる。

では、出自がチートなのか。

これも残念ながら違う。俺の両親は俗に『冒険者』と呼ばれる何でも屋だった。

それも一つの場所に長く留まらず、各地を転々とする根無し草。今、住んでいる村に定住を決め、村の猟師を担うようになったのは俺が六歳のころだったと記憶している。

なら、天稟を持っていて、それがチートなのか。

残念ながら、それも違う。先ほど言ったとおり、まず魔術、神術が使えない。

今、こうして倒したクマを捌《さば》き、その肉を焼いているが、これも実は大したことがない。

前世でなら、単独のクマ退治は大絶賛を浴びるにふさわしい戦果だが、俺の親父《おやじ》はもっと凄《すご》い。

短剣、棒、弓矢、この三つだけでクマどころか、マンモスを倒してしまう。

もし、マンモスと聞いて、動物園のゾウの親戚程度と考えているならそれは大間違いだ。

マンモスはあんなにのんびりとはしていない。大きさはゾウの二倍から三倍はあるのに驚くほど俊敏な動きをする。

最大の武器は二本の牙と巨体を活《い》かした突進。

その姿は正に暴走ダンプカーであり、大木すら薙《な》ぎ倒《たお》す威力の前にヒトなど一溜《ひとた》まりもない。

今の俺が暴れマンモスともし遭遇したら、形振《なりふ》りを構わずに持っている荷物をすべて捨てて逃げ出す。

それを倒しきるまで結構な時間はかかっても単独で狩り遂げた親父こそ、チートと呼ぶべき存在だろう。

実際、俺は親父から剣術や棒術、弓術などを習ううえで手合わせを何度も行っているが、勝てたためしがない。

親父は全力を出しきっていないにもかかわらずだ。

いつになったら、親父の領域に届くのか、その想像すら付かないほど強い。

もっとも、前世の常識から見たら、チートな存在は割といる。

俺が住んでいる村は林業を主産業としているのだが、村の木こりたちは丸太を一人で軽々と肩に担ぐ。

その昔、俺も試してみたがこれっぽっちも上がらなかった。

木こり特有の熟練と言うか、コツみたいなモノがあるのだろうが、それを差し引いてもチートと言うしかない。

「しかし、久々に食べるけど……。クマって、苦労する割にうまくないよな。固いし、獣臭くってたまらんわ」

つまり、前世と比べたら、俺の新しい人生は『強くてニューゲーム』に違いない。

だが、俺は魔王を打ち倒すような勇者でもなければ、世界に関わるような運命を持った物語の主人公でもない。狩りが少し得意なただの村人Aでしかない。

しかし、それで十分だ。

元ニートの俺が転生特典を得て、新たな世界でウハウハするなどムシが良すぎる。

新たな人生をくれた両親に感謝して、前世ではできなかった親孝行をする。

それで十分だった。それが幼いころに立てた俺の目標であり、それ以外は望まなかった。

ところが、ところがである。

今住んでいる村に定住を決めた後、母親はまもなくして流行り病に倒れるとあっけなく逝ってしまった。

せっかく転生したにもかかわらず、ロクな医学知識を持っていない自分を呪った。

魔術と神術が化学と科学の代わりに進歩発達して、迷信ばかりのこの世界を呪った。

「おっと……。忘れるところだった。他は捨てても、肝だけは持ち帰らないとな。たったこれだけで半年分の収入だ。だけど……。こんな物が万病に効くって本気で信じられているんだからおかしなもんだ」

十歳の誕生日を迎えた日から親父の後に付き従い、今年で四年目を数える猟師稼業。

獲物の解体作業など慣れたもの。初めてのころ、はらわたを見て、ゲーゲーと吐いたのは良い思い出だ。

そして、今日はついにこの山の王者だったクマを狩ることに成功した。

もう一人前を名乗ってもよいころと俺自身は考えるが、その判断に迷う。

なぜならば、その判断を下してくれるはずだった親父はもういない。

変な雑菌が入ってしまったに違いない。右足に負った小さな切り傷が原因で今年の夏に逝ってしまった。

親父が変な痩せ我慢をするから発見が遅れてひどく化膿《かのう》してしまい、傷口を火で焙《あぶ》った短剣で焼き削《そ》いだが手遅れだった。

うちの村は平和だが、ヒトが死ぬのは傷や病だけが原因ではない。

とにかく、この世界は取るに足らない理由で人が簡単に死ぬ。その多くが貧困によるものだ。

行商人のおっさんが村へ来るたびに教えてくれる。

うちの村は貧しいながらも豊かだと。村を治める領主様が良い人でうちの村人たちは幸せだと。

村以外を知らない俺にとって、外の世界のことは解らないが、土地による差が激しいらしい。

最近は物価が上がって苦しいところが多いとか、傲慢を絵に描いたような領主がいるという話も聞いたことがある。

いずれにせよ、俺はこの世界で大人と認められる来年の十五歳を目前にして目標を失った。

母親は二十代後半、父親は三十代後半、どちらも死ぬにはあまりにも若すぎる年齢だったと言うのに。

もしかしたら、これも前世で親不孝をさんざんした俺へ対する呪いだと言うのか。

そう、『これも』だ。俺には新しい人生を得た代償に神から与えられた呪いがかかっている。

それは……。

＊

「ふぅぅ〜〜〜……」

歩き続けて、半日がかり。

ようやく見えてきた我が家に額の汗を右腕で拭《ぬぐ》い、剝ぎ取ったクマの毛皮を風呂敷《ふろしき》代わりにした荷物を背負い直して溜息《ためいき》を漏らす。

その本日の獲物がたっぷりと詰まった重さが心を弾ませる。

顔が堪えきれずに緩み、笑みが自然と零《こぼ》れる。本音を言ったら、歌を大声で歌いながらスキップを踏みたいくらいの気分だった。

余談だが、視線の先にある我が家は本邸ではない。

猟用の山小屋で春から秋にかけてはそこで過ごし、村へ下りるのは週に一回程度しかない。

「おっ!?　来てたのか？」

その山小屋に今日は珍しく来客があった。

薪割《まきわ》りをして、その腰まで垂らした栗色《くりいろ》の三つ編みを揺らす後ろ姿はよく見慣れたもの。

彼女の名前は『コゼット』、一歳年上の幼馴染《おさななじ》み。

本邸の隣の屋敷《やしき》に住んでおり、親父さんは村長を務めている。

「あっ!?　おかえりなさい！　ニート！」

呼び声に笑顔で振り返ったコゼットが既に明かしているが、今更ながら自己紹介をしよう。

俺の今生の名前は『ニート』、これこそが新しい人生を得た代償に神が俺へ与えた過酷すぎる呪いだ。

＊

人族、亜人、魔族、魔物、その四種の異なる種が同居する巨大な大陸、パンゲーニア。

今日にまで至る大陸の長い歴史において、最も広大な領地を持ち、最も長く王朝が続いた国と言ったら、アルビオン帝国の名前が挙がる。

では、アルビオン帝国における英雄を三人挙げろと言われたら、誰の名になるだろうか。

まず一人目の名前は確定だ。誰もが第三十八代皇帝のエドワード八世の名前を真っ先に挙げるだろう。

大変な色狂いという欠点はあったが、エドワード八世ほど帝国の版図を拡《ひろ》げた者はいない。

百戦百勝と讃《たた》えられるほどの戦上手であり、色狂いの面も合わせて、エドワード八世に関する逸話はとても多い。

二人目もほぼ確定している。

彼なくして、その後に続く千年王国たるアルビオン史はあり得ない。アルビオン帝国の前身たるアルビオン王国開祖のエドモンド一世だ。

ただし、彼に関する記録はアルビオン帝国崩壊時に多くが失われ、あまり残されていない。

立志する以前は一介の町役人に過ぎず、討伐に出向いた先の山賊たちを最初の配下にして国を奪ったと言われているが定かではない。

そして、三人目。ここで多くの者が悩むに違いない。

前者の二人が国王、皇帝だった点に準ずるなら、中興の祖たる初代皇帝のジュリアスとなる。

半世紀以上にわたって続いていた周辺諸国との拮抗《きっこう》を大きく打ち破り、国号を王国から帝国へと変えて、その礎《いしずえ》を築いた功績は非常に大きい。

その結果、アルビオン文化が花開き、それが大陸全土へ拡がりを見せると、一般庶民の生活水準は大きく上がった。

しかし、前者の二人に準じず、国王、皇帝以外から選ぶとするなら、圧倒的な人気である一人になるに違いない。

『我が国の幸運はあの者がいたからこそだ。何なら試してみるが良い。もし、あの者の心を手にすることができたなら、私が座っている椅子など簡単に奪えるぞ』

そう、初代皇帝ジュリアスのその思想に多大なる影響を及ぼして、こうまで言わしめた男。

二人の王と一人の皇帝に仕えながらも民のために戦い、何色にも染まらなかった無色の騎士『ニート』、その人である。

第二話　充実した明日を

「う〜〜〜ん……」

生きるためと狩りのための必要最低限な物だけが揃《そろ》った山小屋。

その貴重なスペースを半分も占有しているベッドの縁に座って思い悩む。

どうして、女の子のパンツはこうも大きく伸び縮みするのだろうか。

伸び縮みさせるくらいなら、最初から大き目の採寸で作ったら良いのではないだろうか。両手で弄びながらオレンジ色のソレをまじまじと見つめる。

いや、問題点はそこではない。

もう確かめるのは不可能であり、うろ覚えの知識でしかないが、前の世界における中世の下着事情を考えると女性はノーパンだったような気がする。

「うむむむ……」

しかし、この世界の女の子のパンツは俺が知る現代のモノに酷似している。

手作りのため、前の世界のような精巧さはないが、これは紛《まが》うことなき、パンツ。あるいはショーツ、パンティーと呼ばれるものだ。

「どう考えても明らかにおかしい」

機能を追求する過程において、無駄を取り除いた結果、こうなったのなら解る。

前の世界の女性用のパンツに必ずと言っていいくらい飾られている正面の小さなリボン。

それが目の前のパンツにも飾られているのだ。デザインが進化する過程にて、ここまで一致するものなのだろうか。

また、それはパンツだけに限った話ではない。

パンツと来たら、ブラジャーである。パンツとお揃《そろ》いのオレンジ色のソレを手に取って、まじまじと見つめると、カップ縁にささやかながらもレースが飾られており、やはりデザインが現代のモノに酷似している。

残念ながら、俺は前の世界で実物を手に取った経験はない。

デパートなどの女性用下着売り場を通り過ぎる際、横目に盗み見たことがある程度だが、この胸を支えあてがう両カップの内側ポケットに入っているモノは、服の上から胸のボリュームを擬似的に増量させて見せる『パッド』と呼ばれるモノではなかろうか。

おっぱいは女性の象徴であり、象徴であるからこそ、その大小に頭を悩ますのは女性として当然の習性だろう。

だが、こうも俺が知る現代のモノに酷似するのはおかしい。金属が高価なため、ホックだけは存在しようがなくて、着用は胸元の紐《ひも》を結ぶようになっている点に安心感を覚えてしまうほどだ。

それくらいパンツとブラジャー、この二点だけが山小屋の中で異彩を放っていた。

それこそ、前の世界風に例えるなら、場違いな工芸品『オーパーツ』と呼んでも過言でないくらい。

「その癖、服はアレだ……。訳が解らん。どうなってんだよ？」

ところが、上着などの衣類は時代相応なのだから頭が混乱する。

女性の上着はチュニック一択。お洒落《しゃれ》の要素は使っている生地の色合いのみ。

袖は手首まで、裾は足首まで、露出要素が皆無のデザインは基本的に古臭くて、野暮ったい。一目見た瞬間に『中世ヨーロッパ』の言葉が頭に浮かぶ。

だからこそ、パンツとブラジャーを初めて見たときの俺の驚きが解るだろうか。

しかし、周りをよく観察して深く考えてみると、今更ながらに『あれ？』と思うようなモノが他にもあったりする。

例えば、トイレや風呂と言った衛生観念。

前の世界の常識を持っている俺としては非常に助かっているのは事実だが、これがしっかりと根付いているのだから不思議と言うしかない。

もしかすると、俺という実例が正にあるのだから他にも転生者がいる、あるいはいたのかもしれない。

「な、何してるの！」

「あっ⁉」

そんなことを考えていたら怒鳴り声が間近から飛び、俺の手からパンツとブラジャーがかっさらわれる。

顔を反射的に上げると、羞恥と怒りに顔を真っ赤に染めた全裸のコゼットが両手を腰にあてがいながら目の前に立っていた。

どうやら、喉が渇いたから水を飲みに行くという口実で向かった用足しが済み、いつの間にか戻ってきたようだ。

言うまでもないが、俺は女装趣味を持っていない。今さっきまで観察していたパンツも、ブラジャーもコゼットの品である。

ちなみに、興味はないかもしれないが、俺も全裸。

詰まるところ、俺とコゼットは幼馴染みにして、将来を誓い合った仲で既にそう言った仲でもある。

「な、何度も言ってるけど！　し、下着を嗅ぐのだけは止めて！　ニ、ニートだって、自分の下着を嗅がれたら嫌でしょ！　お、お願いだから！」

ところが、コゼットときたら、ご覧のとおり。

お互いにすべてを知り尽くした仲にもかかわらず、この初々しさ。恥ずかしそうにパンツとブラジャーを背に隠して激高する姿は可愛くてたまらない。

しかし、止められない。止まらないのが、男のサガと言うもの。

それに前の世界の俺は年齢イコール彼女いない歴の童貞。いわゆる、魔法使いのジョブ持ち。

そんな俺にとって、女性の下着とはすべて遠き理想郷に存在する至上の宝にも等しい。どんなに求めても手に入らないモノだった。

何度、ネット通販の注文画面の前で悩んだことか。

何度、エロＤＶＤの販売ショップで実物を前に悩んだことか。

何度、ただの布きれにもかかわらず、それを渇望する欲求と戦ったことか。

それ故、コゼットが文句をどんなに重ねて積み上げようが無駄の一言。

なぜ、登るのかと聞かれて、登山家がそこに山があるからと答えるのと一緒だ。

なぜ、嗅ぐのかと聞かれても、コゼットのパンツとブラジャーがそこにあるからとしか俺には答えられない。

もちろん、それを馬鹿正直に答える必要はない。

お互いにすべてを知り尽くした仲とはいえども秘密は必要だからである。

それにパンツ一枚で世界を深く考察してしまう賢者タイムは終了した。

ここからは思春期真っ只中《まただなか》にふさわしい猿並みな性欲がパンツ一枚で野獣と化してしまう時間。

なにしろ、今のコゼットは全裸。

下着を背に隠すがため、やや腰を突き出して立っており、成長途中の控えめな胸と薄い栗色に隠された秘所が余すところなく丸見え。興奮しないはずがない。

正しく、『頭隠して、尻隠さず』な状態。

コゼットからは見えないように隠した両手の下では俺の暴れん坊が辛抱たまらんと吠えまくり。

「いや、コゼットなら構わないよ？　何なら嗅いでみる？」

「えっ⁉︎　……キャッ⁉︎」

冗談交じりに切り返して、コゼットが戸惑った隙を突き、その腰を掴んで抱き寄せる。

コゼットは短く悲鳴をあげて拘束から逃れようと身を捩《よじ》らすが、きつく抱き締めて逃さない。

「駄目だってば……。もうすぐ、暗くなっちゃう。そうなったら、帰れなくなるから……。ねっ⁉

もう今日はおしまい」

お互い、全裸で密着している以上、俺の暴れん坊は今や白日の下に晒《さら》された。

当然、コゼットは俺が何を求めているのかを承知しているにもかかわらず、もがきをより強くさせる。

こうなったら、強引に攻めるしかない。身体を右方向へ勢い良く捻り、自分とコゼットの位置を入れ替えながら、その勢いのままにコゼットをベッドへ押し倒す。

ただし、ベッドの中に詰まっているマット代わりの藁《わら》草は去年のもの。

押し潰されて、弾力性はとっくに失われているため、強引ながらも優しさは忘れない。

「お、お願い。ニ、ニート……。か、帰らないと兄さんに叱られちゃうんだってば……」

それでも、コゼットは抵抗を試みるが、それは無駄な努力でしかない。

その理由は先ほど言ったとおり、俺とコゼットはお互いにすべてを知り尽くした仲である。

「こ、こらっ……。だ、駄目！　ぁんっ⁉」

即《すなわ》ち、コゼットの何処をどうしたら断れなくなるかなんて、とっくの昔に知っているからだ。

＊

「ふっ！　はっ！　ほっ！」

まだ朝靄《あさもや》が立ち込める早朝。山小屋前の小さな空き地にて、気合を入れながら棒を振るう。

両親が冒険者を生業にしていた幼少のころから行っている毎朝の鍛錬だが、我ながらよく続いているると思う。

一子相伝の秘術とか、そういった類いの特別なモノではない。

今だって、棒を外側へ返す、棒を内側へ巻く、棒を前方へ突き出す。この三つの動作しか行っておらず、親父はこれしか教えてくれなかった。

剣も、弓も似たようなもの。基礎動作しか俺は知らない。

「ふっ！　はっ！　ほっ！」

ずっと昔、どんな武術にもある『型』というモノはないのか、教えてはくれないのかと親父に聞いたことがある。

そのときの答えは『基礎ができていない奴《やつ》は何をやっても駄目。逆に言えば、基礎さえできていれば、あとはおまけでおのずとすべてができる』だった。

それと時たま漏らしていた口ぶりから考えると、俺が十五歳の大人になったら『型』を教えようと計画していたらしいが、その前に残念ながら親父は逝ってしまった。

だが、この三つの動作ですら俺は未だに親父の域に至っていない。

親父が教えようとしていた『型』に興味がないと言ったら嘘《うそ》になるが、今の俺にはまだまだこの三つで十分かもしれない。

「ふぅぅ〜〜〜……」

そんな日課と言える鍛錬を終えて、大きく深呼吸する。

鍛錬を始めたときは肌寒かったが、今は暑くて暑くてたまらない。汗を吸った上着から湯気がホカホカと立ち上っている。

今の俺を前の世界の俺が見たら、よくやるよと斜に構えて皮肉を漏らしそうな熱心ぶりだが、実は他にやることがないという事情もある。

そもそも、この世界は娯楽に乏しいし、それ以前に娯楽に興じている暇などない。

幼い子供ですら物心が付いて歩けるようになると、親から何かしらの役割が与えられて、その家庭における大事な労働力となる。

蛇口を捻ったら、水が当たり前のように出てくる世界とは違う。すべてが手作業であり、水を得るためには村の共同井戸まで出向き、水を汲《く》み上《あ》げた後は重い桶《おけ》を持って帰る手間がいちいち必要になってくる。

要するに『働かざる者、食うべからず』である。

この世界で暮らしていると、前の世界の俺がいかに恵まれた環境で育ち、どんなに親へ甘えていたかを思い知る。

だから、惰性で行っているとは言え、毎朝の鍛錬は俺の飯の種。手は決して抜かない。

手を少しでも抜いて腕が鈍ってしまったら、狩りの成果は落ちて、その結果として生活は苦しくなる。

そのせいか、どうしても鍛錬が行えない日は心がむずむずとして収まりが妙に悪い。暇を見つけて、ちょっとでも行うようにしている。

「んぐっ、んぐっ、んぐっ……。ぷっはーっ⁉」

それに身体を動かした後の水はうますぎる。

この山小屋の裏に作られた水飲み場は親父の自信作であり、近くの沢から地中に埋めた竹の水路で水を引っ張っており、常に新鮮で朝は特に冷たい。

ちなみに、水飲み場の排水路は隣のトイレと繋がっており、その先は沢へと戻っている。

沢の下流には村が在り、その村の中央を流れる川が村の生活用水になっているが、その点を深く考えてはいけない。

村のみんなだって、川沿いに設置された共同のトイレで用を足すのだから、やっぱり深く考えてはいけない。川の下流事情を考えるのはタブーだ。

もちろん、風呂もトイレと反対側に完備されている。

嬉しいことに温泉が近くに湧いていると言うか、それがあるから親父はここに山小屋を作ったのだろう。やはり地中に埋めた竹の水路で温水を引っ張っており、贅沢《ぜいたく》にかけ流しの温泉が楽しめるようになっている。

「むふっ……」

山小屋へ戻る途中、隣接して作られた物置へ立ち寄る。

昨日、狩ったクマの毛皮などが夢でなかった証《あかし》に鎮座しており、その光景に思わず顔がにやけてくる。

こんな山奥に誰かが盗みに来るなんてあり得ないが、今回の戦果は貴重なモノだけに何度も確認してしまうのは俺が貧乏性だからだろうか。

それと理由がもう一つ。

俺とコゼットは事実上の夫婦関係にあるが、対外的にはただの幼馴染みの関係でしかない。

これは俺がまだ十四歳の子供のため、正式に結婚するのは十五歳の大人になってから。コゼットの父親である村長がそう決めたからだ。

しかし、このクマの毛皮を見たら、村長は俺を一人前と認めてくれ、コゼットとの結婚を認めてくれるに違いない。

それに明後日《あさって》は秋の収穫祭が、俺とコゼットの結婚を公表するにはもってこいのイベントが行われる。絶対に認めさせてやる。

そうなったら、この山小屋で隠れて、コゼットとイチャイチャする必要がなくなる。

コゼットは俺の家へ移り住むこととなり、思う存分にイチャイチャし放題。退屈な冬も退屈でなくなる。

なにしろ、この辺りは冬がとても厳しい豪雪地帯。

最も雪深い時期は家の一階が完全に埋まってしまうため、どの家も冬用の玄関が二階に作られているほど。

街道の行き交いはもちろんのこと、村内での行き交いすら数日間にわたって途絶えることが多々あり、それぞれの家は陸の孤島化する。

そのため、どの家も冬が近づいてくると、雪解けになる春までの食料を貯《た》め込む。

冬季間は冬季間の生業がそれぞれの家にあり、猟師の我が家で例を挙げると、なめし革作りや領主様へ献上する剝製作りを行う。

つまり、家から外に一歩も出られず、暇を持て余すことが多くなる。

それに寒いときは身を寄せ合うのが最も手軽な暖の取り方のため、自然と『ムフフ』が唯一の娯楽になり、冬季間は老いも、若きも村中の夫婦が励む。

その説得力豊かな事実として、村の住人の大半が秋の生まれ。

今年の秋も出産を間近に控えた女性が二人おり、一人が男の子を産んでいる。

そんなバラ色の未来に手を腰にスキップを踏む。

「……って、どうしたんだ？　そんなに落ち込んで？」

山小屋へ入ると、ご機嫌な俺とは正反対にコゼットがベッド端にしょんぼりとうなだれながら座っていた。

「はぁ……。また朝帰り……。

絶対、兄さんに叱られる。約束したのに……。どうして、私ってば……」

「ぷっ⁉　コゼットがスケベなのは今に始まったことじゃないだろ？」

その頭を抱えた呟《つぶや》きに思わず吹き出す。

昨日の夕方、家へ帰ろうとするコゼットを引き止めたのは確かに俺だ。

だが、俺の猛《たけ》りが収まったとき、外はやや暗くなり始めていたが、まだ十分に余裕はあった。少し足早に帰れば、陽が沈みきってしまう前に村へ辿《たど》り着《つ》けていたはずだった。

それをもう一回、もう一回と延長戦を申し込んできたのは他ならぬコゼット自身である。

俺が求めたのが二回なら、コゼットが求めてきたのは三回。いかに十四歳が若さを持て余しているとは言え、合計五回はなかなかキツいものがあった。

「なっ⁉」

たちまちコゼットは目を大きく見開きながら絶句。口も大きくアングリと開け放つ。

しかし、ここで手は緩めない。コゼットを更に追い詰めるべくニヤニヤと笑いながら次の一手を打つ。

「一度、火が点《つ》いちゃうとびっくりするくらい積極的になるしなぁ～～……。それに昨日のアレさ。あんなの何処で覚えてくるんだ？　さすがの俺も驚いたと言うか、何と言うか……」

お題はコゼットがシテくれた昨夜のアレについて。

恐らく、コゼットは勇気を総動員させたうえで行ったに違いないが、正直な感想としてはちょっと引いた。

今後、再び繰り返されても困るため、そっちの方面に俺が興味を持っていない事実をソフトに告げる。

言うまでもないが、昨夜のアレとは何を意味するのかは教えられない。俺とコゼットの二人だけの秘密に決まっている。

「わ、私だって、恥ずかしかったんだよ！　だ、だけど、義姉《ねえ》さんが絶対にニートも悦《よろこ》ぶはずだって！」

「そうか、そうか……。おまえの知識の仕入れ先はイルマさんだったのか」

「あっ⁉」

慌ててコゼットがベッドから跳ね立ち上がり、顔を真っ赤に染めながら弁明を捲《まく》し立《た》てる。

その言葉に最近の謎がようやく解けた。実を言うと、最近のアノときのコゼットは妙に積極的というか、実に大胆であり、不思議で仕方がなかった。

それをどうしてなのだろうと考えたとき、俺は感動した。

思い返してみると、変化が生じたのは親父が逝ってしまった直後からであり、俺を元気付けようと頑張っているのが解ったからだ。

だが、同時に大きな疑問が残った。

ここはインターネットどころか、エロ本すら存在しない世界である。

いや、もしかすると都会へ行ったら、エロ本くらいあるかもしれない。

俺自身もそうだが、ヒトという生き物はエロ方面にかける情熱が凄まじい。昨夜のアレだって、その情熱が生み出したモノの一つであり、エロは常識やタブーを打ち破ってしまうパワーを持っている。

それはさておき、この世界では何事も知識や技術を欲するなら、本は非常に高額な品のため、ヒトからヒトの口伝が基本となる。

しかし、コゼットのアレな知識の仕入れ先がまさか、まさかイルマさんだとは考えもしなかった。青天《せいてん》の霹靂《へきれき》と表現したいほどの驚き。

なぜならば、イルマさんは美人にして、清楚《せいそ》。どんなときもコゼットの兄であり、夫の『ケビン』さんを立てるのを忘れない奥ゆかしいヒトだ。

そんなイルマさんが昨夜のアレやコゼットが俺にシテくれた最近のアレやらを知っているとは村の誰も思わない。とても想像が付かないし、真実を知った今でも信じられない。

今、この真実を知るに伴い、ふと重要な可能性に気づいた。

ひょっとして、コゼットが俺たちのアノ生活をイルマさんに相談しているなら、ケビンさんもイルマさんを介して何もかも知っているのではないだろうか。

もし、それが正しいとするなら非常にまずい。

俺から要求したわけではないが、昨夜のアレが知られたら、さすがにケビンさんも『妹に何てことをさせるんだ』と烈火のごとく怒るに違いない。

こうなったら、先手を打つしかない。

どの道、そのつもりはあったのだから、これは良いきっかけかもしれないと決意する。

そう、プロポーズである。

俺とコゼットが夫婦という関係なら、昨夜のアレも単なる苦笑で済む話だ。

「まあ、その……。だから、あれだ……」

「な、何よぉ～～……」

だが、その言葉をいざ口に出そうとするとなかなか出てこない。

今まで何度も今というときを想定して、プロポーズの言葉を考えて、考え抜き、ちゃんと用意してあったはずなのにそれが出てこない。

一方、コゼットはまた何かを責められると思ってか、瞳をちょっぴり潤ませながら唇を尖《とが》らせている。

その俺の心を鷲摑《わしづか》みする可愛らしい姿に胸がドッキューンと高鳴り、緊張はより増して、口の中が急速に渇いてゆく。

今もニートだが、前の世界でニートだった俺が本当にコゼットを幸せにできるのか。

そんな心配が頭をよぎり、決意した心が萎えかけるが、言い訳ばかりを考えて、自分自身をごまかしたり、場を濁したりするのは前の世界から引き継ぐ悪い癖だ。

せっかく、生まれ変わった二度目の人生。

もっと前向きに考えて、何事も挑戦するべきだと改めて決意に頷き、コゼットの肩に両手を乗せて摑む。

幸せにできるのかではない。

コゼットを必ず幸せにする。それが両親を失った俺の新たな目標なのだから。

「あ、あんなことまでさせちゃったら、これはもう責任を取るしかないよな！」

「えっ!?　それって……」

その決意が伝わったのか、コゼットが目を丸くしながらも輝かす。

正直、その輝きは眩《まぶ》しすぎたが、目は逸《そ》らさない。コゼットの目を真っ直ぐに見据えて、自分の心を言葉にはっきりと乗せて告げる。

「お、おまえは俺が貰ってやるよ！　コ、コゼット、俺の奥さんになってくれ！」

「ニート！」

それは事前に考え抜いた格好良い言葉ではなかった。

緊張に塗《まみ》れた泥臭い言葉だったが、コゼットは俺の胸へ飛び込んできてくれた。俺の胸の中で喜びに涙を流してくれた。

コゼットの背中に両手を回す。もう離さないと言わんばかりにきつく抱き締める。

頭の中で教会の鐘がリーン、ゴーン、カーンと鳴り響き、聖歌隊が賛美歌を声高らかに歌って、俺とコゼットの二人を祝福する。

俺は幸せ者だ。村一番の美人を奥さんにできるなんて。

つい先ほどまで朝食を摂《と》ったら村へ向かう予定を立てていたが、それは変更して昼食後にするとしよう。

どうして、変更するかは秘密である。

強いて言うなら、俺とコゼットは十四歳と十五歳の新婚夫婦。若さ故にとだけ言っておく。

「去年、ひどい目に遭った山の主を狩った。あれを見せれば、村長も、ケビンさんも納得してくれるはずだ。今日、正式に挨拶へ行くよ」

「うん……。うん！」

まさか、この俺が『リア充』になる日がやってくるなんて、不便も、苦労も多いけど『異世界、万歳！　異世界、最高！』と叫びたい気分だった。

第三話　新しい家族

「あっ!?」

コゼットと二人。お互いにここ数日の獲物を背負子《しょいこ》に括《くく》り付《つ》けて背負い、更に山盛りとなった一輪車を押して、会話を和気藹々《わきあいあい》と交わしながら村へ向かう道中。

薄暗かった森を抜けた村の手前、木々の切り株があまたに並んだ伐採跡地。古びた切り株に腰掛けているその後ろ姿を見つけて、思わずコゼットと揃《そろ》って驚きの声をあげる。

「やっと帰ってきたか……。まあ、そこに座れ」

俺たち二人の声に振り返り、コゼットの兄『ケビンさん』が腰を切り株からゆっくりと上げる。

家が隣同士でコゼットが幼馴染みなら、今年で二十歳を数えるケビンさんは俺にとっての兄と呼べる存在だ。

村長の右腕として村を切り盛りしており、最近では近隣の村同士の会合に村長の名代として出席すらしている。

俺とは比べものにならないくらい村に貢献しているケビンさんだが、村同士の会合では圧倒的に若いせいか、どうしても威厳が足りず、最近はそれが悩みの種らしい。

約一ヵ月前、その悩みに『鬚《ひげ》でも生《は》やしたら?』と適当に助言したのは俺だが、それは失敗だったと今更ながら思い知る。

一週間ぶりに再会したケビンさんは顎鬚《あごひげ》がようやく生《は》え揃《そろ》い、威厳が本当に生まれて、怒っている表情は以前の倍増しの恐ろしさがある。

ここは黙って従ったほうが良い。

コゼットと諦めきった顔を見合わせて、無言の会話を交わした後、ケビンさんが指さす先へおずおずと揃って正座する。

「コゼット……。おまえ、俺と約束したよな？　朝帰りは二度としない。家には陽が落ちるまでに絶対帰ってくるって」

「うん……」

「それが朝帰りどころか、昼帰りだと？　……ふざけるな！」

「ひぃっ!?」

暫《しば》しの間を空けて、ケビンさんは腕を組みながら溜息をこれでもかと深く漏らすと、感情を押し殺した声から一変。腹の底から怒鳴り声を吠えた。

その凄みの鋭さに思わず身体がビクッと震えた。コゼットに至っては悲鳴まであげ、その様子を横目で窺《うかが》ってみると、早くも涙目になりかけている。

ケビンさんは温和な性格をしており、日頃はめったに怒らない。

だが、めったに怒らないからこそ、一旦でも怒ったときの恐ろしさは凄まじい。

五年前のとても暑い夏の日。

村を流れている川が前日の大雨で増水。駄目だと言われていたが、暑さに耐えかねて川遊びをした結果、俺とコゼットは川を流されてしまい、それを怒られたときは本当に怖かった。

本当なら怒る役目を担っていた村長がケビンさんを懸命に宥《なだ》め、俺たちの味方になってくれたくらい。前の世界での人生を含めたら、俺のほうが精神年齢は圧倒的に上だというにもかかわらず、子供の身体に反応が引っ張られ、コゼットと一緒に大泣きしたうえにお漏らしまでしてしまったのは赤面モノの恥ずかしい思い出だ。

今、その恐怖が再び。

今朝、ケビンさんにおびえるコゼットを笑ったが、どうやら俺は甘く考えていたらしい。

それに今回の一件は俺が大きく関係している手前、コゼットばかりを矢面に立たせてはおれず、たまらず口を挟む。

「あ、あの……。ケ、ケビンさん?」

「おまえは黙っていろ。今はコゼットの問題だ」

「は、はい!」

しかし、たちまちケビンさんから鋭すぎる睨《にら》み付《つ》けが飛び、慌てて口籠もる。

冷や汗が一瞬で噴き出してきた。心の中でコゼットに詫《わ》びて、視線を伏せるしかなかった。

それでも、俺が口を挟んだのは小さくても正解だったっぽい。

ワンクッションを置いたことによって、ケビンさんは冷静さを少し取り戻した。

「コゼット、おまえも親父から聞いていると思うが……。

我が家の先祖は行商人だ。名主の家系でもなく、この村を切り拓《ひら》いた始まりのメンバーでもない。

それなのに北の名主の家が途絶えたとき、我が家が新しい北の名主に選ばれ、親父の祖父の代からは村長を代々任されているのはなぜだと思う？」

これ見よがしに深呼吸を大きく一回。再び感情を押し殺した声で説き問い、それにコゼットが小首を傾げながら答える。

「えっと……。読み書きができて、計算ができるから？」

そう、この世界と言うか、俺たちが所属する国に義務教育なんてない。

学問は選ばれた者の特権である。生家の役目や生業が理由で必須とする者か、自ら望んだうえに学ぶ余裕を持った者のどちらかしか学べない。

そのため、識字率は極めて低い。

計数も両手を使った一桁の単純な足し引きならまだしも、それ以上はお手上げの者ばかり。

だが、うちの村のような田舎に住んでいると、字の読み書きや算数ができなくても生活に不便はない。

村の中での取引は物々交換が基本。

貨幣は流通しているが補助的な役割を担っており、村の外から来る行商のおっさんとの取引でも同様だ。

余談だが、俺が喋《しゃべ》っている言葉は当然のことながらこの世界の言語である。

ただし、頭の中は日本語で考えていることがたまにある。例えるなら、日本人が英会話をしているようなものか。

前の世界にて、俺は英語を第一として、幾つかの外国語を大学で学んだが、その成績はとても褒められたものではなかった。

それが両親の会話を聞いていただけで完全なネイティブになってしまうのだから、赤ん坊の知識吸収率は驚異的と言うしかない。

ただ、日本語を基礎に持っていたせいか、言葉を憶《おぼ》えて喋るようになるまでが一般的な子供より随分と遅かったため、両親は俺の行く末をちょっと心配したらしい。

また、読み書きに関してはいつの間にやら習得していた。

これは定住する以前、冒険者だったころの両親に連れられて、各地を転々とする旅の中、何かと文字に接する機会が多かったためだろう。

それに発音の違いはあるが、この世界の言語は母音が五つ、子音も五つ。日本語に似ている。

表記法則も日本語のローマ字表記にそっくりであり、パソコンのタイプをローマ字変換で行っていた俺としては簡単に理解して当然だった。

しかし、どう考えてもおかしい。

前の世界ですら、あれほど多種多様な言語が存在したにもかかわらず、こうも別世界の言語が日本語に似るものだろうか。

ひょっとしたら、俺以外にも転生者が、それも日本人だった者が大昔にいて、こう言語を定められるくらいの絶大な権力を握ったのではなかろうか。

だが、その真相が解ったところで今の俺には何の益もない。

そんなことよりも今は初めて聞いた村長家の歴史のほうが驚きだ。

なにしろ、この世界は俺が知る限り、王を頂点とする貴族社会。

血の古さが尊ばれ、新しい血は比較的に蔑まれ、その傾向は一般庶民にも強く根付いている。

正しく、その良い例として我が家が挙げられる。

両親が村に定住を決めて、二代目の俺が家を継ぎ、今年で八年目になるが、未だによそ者扱い。

村長曰《いわ》く、親子孫の三代が住み着いて、ようやく仲間入りらしい。

日本人的に『郷に入っては郷に従え』の精神でそういうものなのかと半分納得はしているが、日常的に我が家の陰口を言っている者が数人いる点に関しては納得しかねている。

こちらは猟師としての役目を怠ったことは一度たりともない。村にちゃんと貢献している。

第一、文句があるなら直接言えば良いのにあいつらは決して面と向かっては言ってこない。

たまに耐えかねて受けて立とうと出向けば、俺と目が合った途端にそそくさと逃げ出すし、逃げられない場合は殴った、蹴ったと嘘を並べて騒ぎ立てるから質《たち》が悪い。

「それも大きな理由だろうが、それ以上に村のみんなが我が家なら任せても大丈夫だと信頼してくれているからだ！　そして、信頼とは約束の一つ、一つを守ってゆくことで得られるもの！　ところが、おまえときたら……。どうして、俺との小さな約束事が守れない！　そんな奴、村のみんなが信用してくれると思うか！　それとも、おまえは先祖が少しずつ積み重ねてきたモノを壊すつもりなのか！　どうなんだ！」

だからこそ、ケビンさんの叱責が心に染み渡る。

村長の右腕として、次期村長として、失敗はできないという重圧があったに違いない。威厳が足りないと悩んでいた真の理由が解ったような気がする。

「ううっ……。ご、ごめんなさい」

コゼットも俺と同じ心境に至ったのだろう。

目をハッと見開いた後、瞼《まぶた》をワナワナと震わせながらもケビンさんの怒号を真っ向から受け止め、最後に涙を零しながら神妙な面持ちで頭を下げた。

「ニート！　次はおまえだ！」

「はい！」

そして、ついにやってきた俺の番。覚悟は完了している。

正座をしたまま直立不動をするように背筋をビシッと伸ばして、軽く握った両拳を足の付け根に置き、ケビンさんを真っ直ぐに見つめる。

「俺はおまえのことを気に入っている。だから、おまえと妹の仲を反対するつもりはない」

ところが、どんな罵声が飛び出してくるかと思いきや、正反対の褒め言葉。

「ありがとうございます！」

一瞬、戸惑いに茫然《ぼうぜん》となりかけるが、今夜はコゼットとの結婚を許してもらおうと村長宅へ挨拶予定だっただけにこれで勇気百倍。思わず顔がにやけそうになるのを堪えて、感謝を精一杯の声で返す。

「だが、しかしだ。どうして、その意思を周りにきちんと示さない？　昨日も様子を探っていれば、コゼットはこそこそと隠れて、おまえの所へ行くし……」

「それは……」

「去年の今頃、おまえがフィートさんを連れて、コゼットを嫁にと申し込んできたとき、親父がどうして渋ったのかが解るか？」

しかし、ここへ説教を繋げてくるとは思ってもみなかった。

たまらないバツの悪さに口籠もり、隣のコゼットの様子を横目で恐る恐る盗み見る。

実を言うと、俺は嫁取りに一度失敗している件をコゼット本人に告げていなかった。

その理由は絶対にコゼットとの結婚を許してくれると自信満々に申し込みに行ったが、村長からあっさりと断られて格好悪かったからだ。

ちなみに、ケビンさんの言葉の中にある『フィート』とはこの世界の俺の親父の名前である。

確かに『フィート』と『ニート』は響きがとても似ており、いかにも血の繋がりを感じるが、他にも響きが似た名前はもっとあるはずなのによりにもよって『ニート』を選んだのはなぜなのか。

両親を恨んだことは一度もない。

敢《あ》えて説明する必要を感じないが、この世界に『今現在、教育を受けておらず、雇用もされておらず、職業訓練も受けていない者』を意味する『ニート』という言葉は存在しない。

名前とは大事なモノであり、両親はあれが良いか、これが良いかと悩んでくれたに違いないが、たまにボヤきたくなるときはある。

「えっ⁉　何、それ？　初耳なんだけど？」

「うるさい。おまえは黙っていろ」

「はい……」

コゼットは丸くさせた目をパチパチと瞬き、顔を俺とケビンさんへ交互に何度も向けるが、ケビンさんにあっさりと切り捨てられ、唇を尖らせながらも口籠もる。

その際、視線を伏して、ケビンさんからは見つからないようにこちらへ向けられた横目が『あとでちゃんと説明してよね』と強く訴えていた。

「もう一度、聞く。どうしてだか解るか？」

「それは俺がまだ子供で……。ちゃんと十五歳になってから……」

この公開弾劾《だんがい》裁判は何なのだろうか。

今さっき、ケビンさんが俺のことを気に入っていると言ってくれたのは嘘だったのか。

隣から突き刺さる視線をひしひしと感じて耐えきれずうなだれ、涙がじんわりと潤み出した顔を見せまいとコゼットから背ける。

「はぁ～～……。やっぱり、そのまま鵜《う》呑《の》みにしていたのか。あのときのアレはな。ただの方便だよ。完全に断って、おまえたちが思い悩んだ末に駆け落ちでもされたらたまらないからな」

「へっ⁉」

一呼吸の間を空けて、ケビンさんが疲労感の伝わる溜息を深々と漏らす。

その言葉に驚いて顔を跳ね上げると、ケビンさんは『どっこいしょ』と呟《つぶや》いて俺たちが来るまで座っていた切り株に腰を下ろした。

「だって、そうだろ？　自分の嫁取りに親を助っ人《すけと》に連れてくるような情けない奴に自分の娘をやれると思うか？　しかも、肝心のもう一人の当人、コゼットは留守。イルマの里帰りに付いていって、村にいないときを狙い澄ましてだ。だから、親父はまず断って、おまえの気概を試したんだよ。それなのにおまえときたら、すごすごと引き下がりやがって……」

今、明かされるあの日の真相。

ケビンさんは舌打ちした後、最後に『どうなんだ？』と問いてきたが、こちらは驚きに目をこれ以上なく見開いて放心するしかなかった。

今にしてみれば、日頃のコゼットの様子から考えると心配する必要など全くなかったが、当時の俺はコゼットを誰かに取られまいと焦っていた。

その理由は単純明快。一歳年上のコゼットは今年で十五歳となり、大人と認められる年齢になると共に結婚適齢期となるため、その前に決着を付けたかったからだ。

更に後押ししたのが、近隣の八つの村が合同で実施する集団お見合い。

近親婚の蔓延《まんえん》を防ぐための知恵だろう。四年に一度、年齢を問わずに未婚者は出席するのが決まりになっており、それが今年の春にあった。

実際、俺が懸念したとおり、コゼットはモテモテで数人から結婚を申し込まれたらしい。

当然と言えば、当然だ。アイドル並みと言ったらお世辞が過ぎるが、コゼットの可愛らしさは前の世界で言えば、学校で一、二を争うくらいは確実にある。

朗らかな性格で社交性があり、跡取りでなくても村長の娘というステータスも付く。欠点を強いて挙げるなら、成長が乏しい薄い胸くらいしかない。

それだけに俺は必死だったが、親父はどう思っていたのだろうか。

あの日の夜、親父が夕飯を食べずにしょぼくれている俺へ言った言葉を思い出す。

親父は苦笑を漏らしながら俺の肩を叩いて慰め、『まあ、仕方ないよな』と言った後、『それでどうするんだ？』と繋げた。

その問いかけに対して、村長の言葉を額面どおりに受け取った俺が十五歳になるのを待つことを告げると、親父は顔を左右に振りながらこれ見よがしに溜息を深々とついて見せた。

当時、その反応に『溜息をつきたいのはこっちだ！』と声は出さずに腹を立てたが、今更ながらに解った。親父は村長の意図に気づいており、俺へ発破をかけていたに違いない。

失敗した。それも大失敗である。

当時の俺は落胆しながらも前の世界の価値観に大きく影響されて、十三歳での結婚はやっぱり早すぎると早々に諦め、十五歳になったらという半ば婚約する形で満足してしまった。

だが、この世界の結婚適齢期は十五歳から二十歳までと短い。

十三歳での結婚は早いかもしれないが、決して早すぎることはない。探したら、十三歳で結婚した者はそれなりに存在するはずだ。

大事なのは一つ目に男が女を食わせていけるか、二つ目に女が男を支えていけるか、三つ目に二人が子供をなせるだけ成長しているかだろう。

それ故、村長の意図に気づいて、俺に意気地があったら。

俺とコゼットは去年の時点で夫婦になっており、その晴れ姿を親父に見てもらうことができていたのだ。未来は誰にも解らないとは言え、親父が逝ってしまった今を考えると後悔は大きい。

今夜、村長宅へ嫁取りの挨拶をしに行く決意を改めて固めていると、ケビンさんが驚くべき忠告をしてきた。

「あれ以来、親父は待っているんだぞ？　おまえがコゼットを嫁にと申し込んでくるのを……。ところが、おまえらときたら、責任は果たさず、やることだけは一人前か？　もし、結婚する前に子供ができたら良い笑いものだぞ？　さすがの親父だって、昨日の夜は呆《あき》れていた。一応、俺とイルマでフォローはしておいたが、今のままを続けていたら、親父はおまえたちの仲を本当に許さなくなるぞ？」

慌てて腰を限界まで捻り、右手の立てた親指で肩越しに背中の戦果を何度も指さして、それをケビンさんへ懸命にアピールする。

「これ、これ！　俺の背中、見てもらえますか！」

「うん？　……ちょっ!?　おまえ、これっ!?」

ケビンさんは眉を寄せた訝《いぶか》しそうな表情を浮かべるが、俺の背中を見ようと腰を少し浮かせた途端。

その表情を驚愕《きょうがく》に染めきって息を呑《の》むと、慌てふためきながら俺の背中へと駆けて、更に重ねて息を呑んだ。

その反応に手応えありと口の端をニンマリと吊《つ》り上《あ》げて笑う。

俺の背負子の一番上に載せてある品は昨日倒した山の主の毛皮。それも剝ぎ取る手間は随分とかかったが、頭部から全身繋ぎで剝ぎ取ってあり、そのアピール感はたっぷり。

なにせ、山の主はただのクマではない。

通称『大クマ』と呼ばれ、獣のクマとの違いは大きさしかないようにも感じられるが、種族としてはモンスターに属しており桁違いの獰猛《どうもう》さを持つ正式名称『ワイルドベアー』と呼ばれるクマである。

そうめったに見かけず、大抵は人里から離れた山奥の森を縄張りとしているが、数年に一度の繁殖期を迎えると縄張りを捨てて、伴侶を求める旅に出る習性を持つ。

これが実に厄介でこの旅の最中、ヒトの肉を一度でも喰らってしまうと『ワイルドベアー』は白目が真っ赤に染まった『ワイルドマッドベアー』へと変貌。ヒトの肉を求めて、ヒトを積極的に襲うようになる。

そうなったら、うちのような人口の少ない村は死活問題である。

猟師はワイルドベアーを発見して打倒する自信がないなら即時撤退が鉄則。発見を村長へ報告する義務がある。

村長は近隣の村々へ警告を促して、発見位置によっては寄付金を募り、冒険者ギルドがある街まで数日かけて赴き、ワイルドベアーを退治するための冒険者数人を雇う一大事になる。

そんな危険なモンスターに去年の俺は何故に立ち向かったのか。

それは言うまでもないだろう。一人前と早く認められて、コゼットと結婚したかったからだ。

だが、その焦りと頼もしすぎる親父が傍《そば》にいたという甘えが油断に繋がり、完全復帰するまで一季節もかかる手痛すぎる代償を負った。

その事《こと》もあって、親父が逝った後、村の猟師として跡を継いだ俺が若いのを理由に、村では少なからずの不安があった。

その不安は格好の材料となり、先ほど挙げた我が家の陰口を叩く者たちを勢い付かせてもいる。

特に俺とコゼットの仲へ対する不満は大きい。彼らにとって、新参者である我が家と村長の家が繋がるのは許されない現実らしい。

それまでは親父がいたからこそ、ワイルドベアーなどの凶悪なモンスターが出没しても村は安全だった。近隣の村からも頼りにされて、うちの村は大きな発言権も持っていた。

「今日、改めて話に行こうと考えていたんですけど……。これなら……。これなら認めてもらえますよね？　村長も、村のみんなも……」

「ニート、おまえ……。ああ、認めるさ！　認めるに決まっている！　もし、認めない奴がいたら、俺がそいつを認めない！　だから、待っているぞ！」

「はい、ケビンさん……。いや、義兄《にい》さん！」

「おおう！　我が義弟よ！」

そうした声の数々を村長の右腕たるケビンさんが知らないはずがない。

俺たちは互いに感極まり、涙を潤ませながらも表情を輝かせて、熱い握手を両手で交わす。

もうすぐ、目の前のヒトが俺の義兄になる。

そう考えると、どんな文句も、どんな陰口も何も怖くはなかった。

「ねぇ〜〜……。さっきの話、聞かせてよぉ〜〜……」

そんな俺たちの熱い男の友情に付いていけない疎外感からか、隣では俺の嫁が口をこれでもかと尖らせていた。

第四話　誕生日のプレゼント

「ふぅ……。やっと着いたね」

「……だな。今回は量が量だけに助かったよ」

猟のための住まいになっている山小屋から近くを流れる沢沿いに下って歩き、小一時間。

森を抜けて、古い伐採所跡地を間に挟み、北の山脈から吹き下ろす寒風の防風林になっている林を通ると、そこに俺たちが住んでいる村があった。

総人口は二百人前後。家の数は四十軒ほどあるが、数軒は空き家。

林業が盛んな村にふさわしくすべての家が丸太で造られたログハウスである。

「それにしても、ワイルドベアーの毛皮も驚いたが……。今回は本当に量が多いな」

「明日は祭りですからね。当然、張り切りました」

村全体がなだらかな斜面に在り、平坦《へいたん》なのは人工的に整えられた村中央の広場のみ。

川が村の北から南東へと緩やかなカーブを描いて流れており、村の東西を繋ぐ木の橋が村中央の広場から伸びている。

過去、雪解けの春先は川の流れが冬の降雪量次第で勢いを増すため、水害が発生したのだろう。

川がカーブを描いている外側の縁部分は石堤が築かれており、川の中にも水流を分散させる大きな木製のテトラポッドのようなモノが等間隔に幾つも鎮座している。

「助かるよ。やっぱり、みんなが一番喜ぶのは肉だからな」

「えーー！　兄さんたちの一番はお酒じゃないのぉ～～？」

村の北側に広がるのが深い森なら、村の南側に広がるのは畑と青々とした草原。

そのため、村の北側は木こりと農業を兼業する者たちが住み、村の南側は農業を専業とする者たちが住み、名主がそれぞれに一人ずついる。

こんな小さな村なのだから、皆が仲良くしたら良いのだが、残念ながら北と南で派閥がある。

皆が忘れたころに対立を起こして、その仲介に苦労しているのが中立の我らが第三の派閥。村での人口が最も少ない職人たちを束ねる村長だったりする。

「もちろん、そのとおりだ。でも、その酒も肉があってこそ、少なかったら寂しいからな。……っと、そうだ！　ニート、おまえも今年は酒を飲め！　俺が許す！」

「えっ!?」

「コゼットを嫁にするんだろ？　酒くらい飲めなくて、どうする？」

「確かに……。はい！　喜んでゴチになります！」

うちの村にいる職人は薬草師が一軒と炭焼きが二軒。猟師の俺を含めて、合計四軒。

残念ながら鍛冶職人がいないため、刃物を研ぐ程度の簡単な手入れは可能だが、猟で用いる弓矢の鏃《やじり》は作れない貴重品である。

そのせいか、親父から引き継いだ狩りのスタイルは棒がメイン。獲物を突いて、叩き、時に放り投げて仕留める。

鳥やウサギなどの小動物を狩るとき以外、弓矢はあくまで牽制《けんせい》のための補助道具として用い、矢の鏃は使用後にできるだけ回収を心掛けているが、やっぱり少しずつ消耗してゆく。

それ故、雪が解けて春になると、親父は鍛冶職人が住む二つ隣の村へ仕入れに行っていた。

当然のことながら親父が逝ってしまった今、その役目は来年から俺の仕事になる。定住してから、村の外へ出た経験がない俺にとって、それはちょっとした楽しみであり、今からワクワクが止まらない。

その際、同名の混同を防ぐ為、平民は名前の後に生誕地を付けて名乗るのがこの世界の常識。

ファミリーネームを持つのは貴族、或いは王族の特権になっている。

即ち、うちの村はこの世界の言葉で『雪山の麓にある高原』を意味する『カンギク』の名で呼ばれている為、『ニート・カンギク』が俺の名前になる。

正確に言ったら、俺の生誕地はここでは無い遠い何処かなのだが、両親は元々が根無し草の冒険者。きっと村に早く馴染もうと改名したのだろう。

「ちょっと！　ニートを悪の道へ誘わないでよ！」

「それはおまえの誤解だ。いつも言っているが、酒は百薬の長と言って……」

「ふん！　一昨日も飲みすぎて、義姉さんから叱られていたくせに！」

さて、我が家は村の最も北側に位置する。

これは猟を生業とするうえで獲物を加工する際の血や臭いの問題があるためだ。

特になめし革を作る際の臭いは鼻が曲がるくらい臭い。それ専用の小屋を設けているくらいで夏は作業を行っていなくても染み付いた臭いで地獄と化す。

コゼットが住んでいる村長宅は倉庫代わりになっている空き家を間に挟んだお隣さん。

コゼットと今の関係になれたのは家が近かった要因が大きい。この点は神に感謝しているが、前々から村長宅が何故に村の端に存在するのかが疑問だった。

しかし、ケビンさんから村長宅の歴史を聞き、その謎がようやく解けた。

恐らく、この村を治める領主様が滞在時に使ったり、旅人や行商人が訪れたときに貸し出している、村中央の広場側にある普段は空き家の屋敷が何らかの理由で血が途絶えてしまった元村長宅ではなかろうか。

村長という役柄上、その村の中心に位置する屋敷へ移り住んだほうが村長としても、村人としても断然に便利なはずだと考えていたが、そうしないのは何かとうるさい村の古参たちを刺激しないために違いない。

「……ってな具合にこいつも、イルマも、酒を嫌っている。おまけに、親父は下戸であまり飲めない。だから、ニート！　おまえだけが頼りなんだ！　おまえは俺の味方になってくれるよな！」

「ははは……。努力します」

「駄目！　絶対に駄目だからね！　酔っぱらって、苦労するのはこっちなんだから！」

知っているつもりだったが、まだまだ甘く見ていた。

村長という役目が意外なほど大変だと改めて思い知らされながら、ケビンさんとコゼットの三人で会話を交わしているうちに村の広場が見えてきた。

明日の祭りを控えて、ファイヤーストームを行うための木組みが中央に設置され、その周りを子供たちが明日を待ちきれずに走り回ってはしゃいでいる。

もっとも、祭りと言っても前の世界のような祭りのイメージとは比べものにならないくらい質素でささやかなもの。

一年に二回、春と秋のこの日だけは誰もが仕事をせずに休み、春は冬を無事に越えられたことを、秋はその年の収穫を祝って、普段より少し豪華な食事をする。

あとは村のみんなでファイヤーストームを囲んで歌い踊り、大人たちは酒を飲んで盛り上がる。

運が良かったら、旅芸人の一団が祭りのタイミングに訪れ、様々な芸を披露してくれる程度だ。

ただし、十二歳の誕生日を迎えた男の子、女の子がいる場合、祭りにはもう一つの隠れイベントが発生する。

それは性教育だ。コゼットに聞いてみたところ、女の子の場合は講師役の女性と自分のアソコを実際に見比べながらの口伝による講義止まりらしいが、男の子の場合はなんと講義と一緒に実践がある。

実際、俺もソレを経験した。

祭りの最中、追加の酒を取りに行けと命じられて、親父を含めた村の男たちが何やらニヤニヤと笑っているのを怪訝《けげん》に思いながら酒が貯蔵されている倉へ赴いたら、見知らぬ二十代後半と思われる美人が俺を待っていた。

あの初めての瞬間は今でも忘れられない。

とても素晴らしい感動的な経験だった。このときばかりは『神様、ありがとう』と感謝して、精神年齢を加えると四十代半ばにしての脱童貞に涙して喜んだ。

後日、この件に関して聞いてみたところ、男の場合は口伝だけの講義で済ませた場合、好奇心からことを無理やりに運び、問題となる可能性が大きくて駄目らしい。

それに男はいろいろと溜まるモノがあり、これを適度に発散して処理しないと問題がやっぱり起こる可能性があるため、一人で行う術もこの実践を通して学ぶのがとても大事なのだとか。

余談だが、この風習は俺たちが住んでいる地方一帯に昔から存在しており、男の子の講師役となる女性は別の村の、それも可能な限り遠方の村の未亡人が必ず選ばれる。

この性教育の一夜の出来事はあくまで夢の中の出来事として捉えられ、お互いがこの夜に好き合う結果になったとしても結婚は認められず、二度と会うことも許されない。万が一、再会することがあっても、そのときはお互いに初対面として接するのが礼儀になっている。

無論、講師役の女性へ村から謝礼が支払われるのは言うまでもない。

住んでいる村でも税の負担が少し軽くなり、もし夢の一夜で子供を宿した場合はその村の子供として育てられる。

今、この村に俺とコゼットの同年齢はいない。

収穫祭の隠れたイベントをここ数年で体験したのは俺一人だけ。今年もいない。

これは俺の母親が亡くなった原因の流行病がこの村に広がった際、大人たちも多く亡くなったが、小さな子供たちはもっと多く亡くなったからだ。

当時、流行り病を運良く患わなかった子供はまだ家から出られないほど幼かった子か、逆にある程度育って抵抗力を持っていた子供のみ。

それ以外は俺とコゼットともう一人、コゼットより一歳年上の女の子しかおらず、その娘は今年の春にあった集団お見合いで相手を見つけて別の村へ嫁いでいる。

「あっ⁉　ニートの兄ちゃんだ！」

「凄ぇ！　何だ。あれ！」

「クマだ！　クマだ！」

ここは一つ、クマの毛皮を被《かぶ》って、子供たちを驚かせてやろうとするも失敗。

ある家の陰に隠れようとする前に見つかったうえ、背負子に担いでいるクマの毛皮まで見つかってしまう。

「ニート、お帰りなさぁ〜〜い！」

ますますはしゃぐ子供たちの中、一人の少女が嬉しそうな満面の笑みでこちらへ真っ先に駆けてくる。

彼女の名前は『エステル』、今年で十一歳を数える我が家の真向かいに住んでいる三十代前半の木こり夫婦の娘。

ただ、我が家の真向かいと言っても川を間に挟んでいるため、お互いの家を行き来するとなったら橋を経由する必要があり、それは結構な距離になるが、川幅は約五メートル。会話は十分に可能であり、幼いころから俺によく懐いてくれ、俺にとっては妹と呼べる存在である。

「ただいまっと、危ない！　俺が受け止められなかったら、どうするつもりだったんだ？」

エステルが両手を大きく広げたのを合図に慌てて押していた一輪車をその場に止める。

案の定、エステルは俺まであと三歩と迫ったところで踏み切ってのジャンプ。両手をエステル同様に『さあ、来い』と大きく開いて受け止める。

しかし、俺自身もそうだが、俺以上に成長期のエステルは背がこの半年間でグンと伸びたために重かった。たまらず飛び抱きつかれた勢いを余して、後ろへ二歩、三歩と後ずさり、尻餅をつきかけるも兄貴として情けない姿は見せられず、辛《かろ》うじてのところで踏《ふ》み止《とど》まる。

「大丈夫！　ニートだもん！」

「何だ、そりゃ？」

「えへへ！」

ところが、エステルは兄貴の密《ひそ》かな苦労など知らず、笑顔で俺の胸にぐりぐりと頬ずりしてのご満悦。

それにしても、この腹に当たっている柔らかな感触ときたら、もう立派な女性だ。どうやら、こちらも背丈と一緒にグングンと成長中らしい。

ひょっとしたら、コゼットを既に越えたのではなかろうか。比べたら、駄目だ、駄目だと思いながらも、つい視線が隣に立つコゼットの残念な胸へと向けられる。

悲しいかな、男とはそういったサガを持った生き物なのだから仕方がない。大抵の男はおっぱい星人なのである。

「いっ!?」

だが、それがいけなかった。尻をコゼットに抓《つね》られ、その痛みに身体がビクッと跳ねる。

ついでに正面のエステルには聞こえない程度の小さな声で『馬鹿』と罵られ、顔を痛みと二重の意味で引きつらせる。

第一、コゼットは俺とエステルのこうしたスキンシップを歓迎していない。もうずっと昔からそうだ。

去年の夏、山小屋と村の間にある小さな池でエステルと一緒に全裸で水遊びを行っていたらカンカンになって怒り、俺が冗談で『もしかして、嫉妬？』と問いたら『そうだよ！』という意外な怒鳴り声が返ってきた。

コゼットの見解によると、俺はエステルを妹としか見ていないが、エステルは違うらしい。俺を兄として慕っている心もあるが、それ以上に俺へ対する恋心のほうが強い。最近はスキンシップを当てつけで行っているフシがあるとまで言う。

そんなはずはないと苦笑して返すが、コゼットは認めない。

認めないどころか、この話題が出るたび、口を尖らせて怒る。この後も二人っきりになったらきっともめるのだろう。

「どうしたの？」

エステルがキョトンとした不思議そうな顔を上げる。俺の悲鳴を怪訝に思ったのだろう。

まさか、その理由を正直に明かせるはずもなく、まだジンジンと痛む尻を我慢しながら笑顔を返して、エステルの頭を撫《な》でる。

「いや、何でもない」

「そお？　じゃあ、じゃあさ、約束のモーモー鳥は？」

「安心しろ。ちゃんと獲《と》ってきたぞ」

「本当っ⁉」

「何っ⁉　モーモー鳥だと！」

そして、先週の狩りへ出かける前、暫《しば》しの別れに見送りへ来たエステルと交わした約束の品が無事に獲れたことを告げた途端、エステルはもちろんのこと、ケビンさんまで目を輝かせた。

それもそのはず、モーモー鳥の肉はどの部位も極上の味であり、今まで食べていた肉は何だったのかと思うくらいにうまい。その噂《うわさ》を聞き付け、モーモー鳥を食べたい一心からこの周辺の村々を訪れる旅人がたまにいるほど。

しかし、恐ろしく貴重な鳥でめったに獲れない。

その名のとおり、牛のようにモー、モーと鳴く声が目印となって発見自体は割と簡単でも、恐ろしく素早い。

体長は中型犬くらいで見た目はでっぷりと太ったニワトリでありながらヒトの身長くらいは跳ねる身軽さまで持ち合わせている。

だが、モーモー鳥はニワトリ同様に飛べないため、そこに付け入る隙があり、もし狙うとなったら根比べになる。

猟師が追い詰めて、モーモー鳥が逃げる。それを延々と繰り返して、どちらかが諦めた瞬間に勝負は決するが、夜を迎えたら森はヒトにとって危険すぎるために猟師は諦めるしかない。

しかも、モーモー鳥の肉は三日程度しか保たない。

四日が過ぎて、五日目になると鼻が曲がるほどの腐臭を放ち、食べられたものじゃなくなる。

それならと保存のための燻製《くんせい》加工を行えば、モーモー鳥の旨味《うまみ》たる脂が加工の過程で滴り落ちてしまい、ただの不味《まず》くて固い肉へと変貌する。

その昔、ある貴族がどうしてもモーモー鳥が食べたくて、魔術師にモーモー鳥を凍らせて運ばせたことがあったが、これも駄目だったらしい。

氷の中に封じ込めたモーモー鳥を遠路遥々《はるばる》と運び、それを解凍した瞬間、壮絶な腐臭が解き放たれてしまい、城一つが丸ごと二度と使い物にならなくなったという逸話がある。

つまり、どう足掻《あが》いても現地でしか食べられない。

だが、猟師にとって、一日がかりで獲れるか、獲れないかの賭けになるくらいなら、他の獲物を狙ったほうが断然に手っ取り早い。これがモーモー鳥を貴重にさせている最大の理由だ。

なら、その貴重なモーモー鳥を獲ってくる約束をエステルと交わしたのはなぜか。

それは今年の秋の収穫祭の前日である今日がエステルの十一歳を数える誕生日だからである。

実を言うと、その結果のオマケが山の主だったりする。

一昨日、モーモー鳥との半日に及ぶ追いかけっこで幾つもの森を騒がせたため、縄張りを荒らされたと勘違いした山の主が活発化してしまい、とても放置ができずに対峙《たいじ》することとなった。

その事実を踏まえて考えると、今回獲ってきたモーモー鳥の貴重さは計り知れない。

もし、旅人から譲ってくれとせがまれたら相場の三倍は、三ヵ月分の生活費は貰わないと割に合わないが、それをエステルに告げて誇るのは野暮というもの。

「へーー、へーー……。あれって、エステルのためだったんだ？　へーー、へーー……。私のときは何だったっけ？　確か、イノシシだったよね？　普通のさ」

「あはは！　イノシシとモーモー鳥なら比べものになんないね！」

「ぐぅっ!?」

ところが、その貴重さ故に悲劇が巻き起こってしまう。

コゼットは不機嫌一直線となり、エステルは無邪気に笑い、二人の態度は両極端。正しく、こちらを立てれば、あちらが立たずな状態。

困り果てた末、ケビンさんへ救いを視線で求めるが、顔を露骨に背けられた挙げ句、我関せずと言わんばかりに口笛を吹いてとぼける始末。

たまらず顔を引きつらせるが、ここはケビンさんを見習って見て見ぬフリを装う。

だが、フリを決め込んだつもりが、お目当てのモーモー鳥を積んだはずの一輪車にソレが見当たらず、慌てて背負子のほうも確かめるもやはり見当たらずに焦る。

「え、ええっと……。ど、何処だったかな？　……って、あれ、ないな？　コゼットのほうだったっけ？」

「えっ⁉　違うよ。モーモー鳥は俺が持つって自分で言ってたじゃん？」

もしかしたらとコゼットへ視線を向けるが、その言葉に『だよな』と返して頷く。

こうなると可能性は一つしか考えられない。今回はいつも以上に獲物が多かったため、村に持ち帰るのと山小屋に残しておくのを選り分《え》《わ》けた際に間違ったのだろう。

「……ということは忘れてきたかな？」

「えーーーーーっ⁉」

それを告げると、たちまちエステルは切なそうな悲鳴をあげた。

さんざん期待をさせておきながら、誕生日プレゼントをいざ渡される段階になって、お預けを喰らったのだから当然である。

「安心しろ。この荷物を共同貯蔵庫へ置いたら、すぐ取りに戻るよ」

「良いの？」

本音を言ったら、村へ今帰ってきたばかり。山小屋へ再び戻るのは非常に面倒臭かった。

それに山小屋からの帰路は基本的に下り。崖上から垂らした縄でショートカットが可能な場所が二ヵ所ほどあり、時間はさほどかからないが、往路は結構な時間がかかる。

歩いたら帰路の三倍、休まずに急いで走ったら帰路の二倍弱くらい。

どちらにせよ、村へ帰ってくるころには陽がもう完全に暮れている。

それでは駄目だ。エステルのお母さんがモーモー鳥を調理する時間も含めて、夕飯時に間に合わなかったら意味がない。

そうなると休まずに急いで走るのは当然として、普段は下りにしか使っていないショートカットの縄を上る必要がある。

当然、行って帰ってきたら汗だくの疲労困憊《ひろうこんぱい》。

心身ともに充実させて、今夜の一世一代の大勝負に臨もうとしていた俺としてはそれはできたら避けたい。

しかし、今日はエステルの誕生日。年一度の特別な日くらい多少の我儘《わがまま》は許される日だ。

更に付け加えるなら、モーモー鳥を獲ってから今日で三日目。その足の早さを考えたら、明日より今日のほうが断然に良かった。

「ああ、もちろんだ。なにせ、今日じゃないと意味がないからな」

「ありがとう！　ニート！」

だが、しかしである。

まさか、あんな出来事が起こるとは思ってもみず、このときの選択を俺は生涯にわたって後悔することとなる。

幕間《まくあい》　コゼット、奪われた日常

ニートが忘れ物のモーモー鳥を山小屋へ取りに急ぎ戻っているころ。

明日の収穫祭に備えて、コゼットは村長の娘として、ケビンから命じられた作業にせっせと勤《いそ》しんでいた。

*

「全く、もう！　エステルに甘いんだから！」

村中央の広場に隣接して建てられている村一番の大きな建物。

様々な用途に使われている共同貯蔵庫の目録作りは私の役目になっている。

領主様へ納める税も倉庫内に入れているため、この役割を与えられた当初は無駄口など叩く余裕は全くなかったが、今ではすっかりと慣れたもの。こうして、愚痴りながらもできてしまう。

無論、その内容はエステルに関するもの。

ニートは立てた右手を左右に振りながら『ない、ない。あるはずがない』と笑って否定するが、エステルはニートに恋心を絶対に抱いている。

先ほど見せた態度が正にその証拠だ。

ニートから贈られた私の誕生祝いがイノシシだったのに対して、自分の誕生祝いがモーモー鳥だと知ったとき、エステルが抱きついているニートからは見えないように浮かべたあの勝ち誇った笑み。絶対に間違いない。

いつも不思議に思うが、この話題を挙げるたび、ニートは真っ向から否定した後、必ず『俺なんて』と溜息を漏らして繋げる自信のなさは何なのだろうか。

近隣の村々から独身者が集った今年の集団お見合いに参加して解ったことだが、ニートは二枚目に当たるほうだ。責任感が強くて、性格だって悪くないし、皆が感心するくらいの働き者でもある。

実際、今年の春に隣の村へ嫁いだ一歳年上のアンナさんはニートのことが幼いころから好きだったらしい。

しかし、私とニートの仲へ割って入る隙間がなかったために諦めたと嫁ぐ前日にこっそりと明かしてくれた。

それを聞いたとき、つくづく感じた。

約七年前にあった流行り病で亡くなった者たちへ対しては不謹慎になるが、同世代の女が私とアンナさんの二人しかいなくて本当に良かったと。

だが、油断はまだできない。

今夜、ニートがお父さんに私との結婚を申し込み、その許可が出たときに初めて私の勝利は確定する。

「ええ、そうよ！　どうせ、私は小さいわよ！　小さくて、悪かったわね！　これでもニートのために頑張っているんだからね！」

なにしろ、私の胸は小さい。毎日、悩むほどに小さい。

正直なところ、ブラジャーは着けているが、あまり必要性を感じない。

服を脱ぎ、裸になって見下ろすと、その膨らみは申し訳程度でしかない。ブラジャーは見栄《みえ》だけで着けている。

どうやったら大きくなるのか。

ヤギの乳を飲むと良いらしい。そう義姉さんから教えられて、朝晩欠かさず飲んでいるが、その兆候は一向に見えてこない。

ところが、そうと聞いて確かめたわけではないが、ニートは胸が大きい女性が好きっぽい。

私は密かに知っている。その昔、ニートは共同浴場へ行くたび、村のお姉さんたちの胸を盗み見ては子供のくせにアソコを大きくしていたのを。

当時、ソレが子供心に不思議で仕方なかった。

父さんのも、兄さんのも、村の男の大人たちのも、子供たちのも、ニートのようになっていなかったから。

ニートがソレをいつも懸命に隠そうとしていたから、ヒトに喋ってはいけない病気か、怪我《けが》の類いかとばかり考えていた。

それ故、三年前の収穫祭の夜、仲が一番良い村のお姉さんから性教育を受けて、その原因を初めて知ったときは愕然《がくぜん》とした。

翌日、久々にニートと一緒に共同浴場へ行き、恥ずかしさを感じながらも試しにニートの前に立ってみたが、ニートのアソコは完全な無反応だった。

その癖、一歳年上のアンナさんが共同浴場へ姿を現すと、まだ服を脱ぐ前の段階でニートのアソコはムクムクと大きくなり、激しく落ち込んだのは思い出したくない。

だからこそ、まだ雪が降り積もる前の二年前の冬。エステルの裸を共同浴場で見たときは驚くしかなかった。

十三歳の春になって、私の胸はようやく膨らみ始めたにもかかわらず、なんとエステルは九歳の冬でその兆しが見え始めていた。

私のお母さんとエステルのお母さんの二人を見比べる限り、将来性でもエステルのほうが断然に勝っているのは明らかで焦るしかなかった。

一応、確約にまでは至っていなかったが、親同士の間で私たちは半ば婚約してはいた。

しかし、このままではいけないと思い悩んだ末、義姉さんに相談。その忠告に従い、私はニートを誘惑した。

二年前の冬、義姉さんにお膳立てをしてもらい、フィートおじさんとお父さんと兄さんの三人が酒宴で盛り上がっていた夜。

家をこっそりと抜け出して、ニートのベッドに潜り込んで『寒い』と言って抱きついたが、いくら待てどもニートは何もしてこず、こうなったら女は度胸と決意して、こちらから迫った。

それ以来、私たちは隠れて、アレをするようになった。

最近、お互いにちょっと歯止めが利いていなかったから、兄さんに叱られたのは良いきっかけだったかも。

「大体、ニートは押しに弱いのよ！　押しに！」

ここまで胸の内を明かしたのだから、今日は良い機会かもしれない。

常日頃から感じているニートへ対する不満をすべて吐き出して、明日から始まる新婚生活の備えにしよう。

私が最も気に入らない点。それは子供のころから自身を何かと低く見る傾向がある点だ。

父さんや兄さんは『驕《おご》らず、出しゃばらず、美徳だ』と褒め、私も以前はそう思っていたが、最近はちょっと違うかなと感じるようになった。

多分程度の何となくだが、私の直感。ニートの場合、自信を自分自身に持てていないのではなかろうか。

もちろん、確証はない。それを相談したくても、私よりニートをよく知っているフィートおじさんは残念ながら今年の夏に亡くなっており、もう確かめる術はない。

その自信のなさのせいだろう。

ニートは誰かと何らかの理由で対立したとき、最初は強気に出ていても、ある一線を境にそこを越えた途端に退く。自分自身の心をごまかして、納得を無理やりに飲み込んだように。

相手を立てること自体は悪くない。

だが、ニートの場合はやきもきする場面が多い。その顕著な例が村の古参たちが叩くニートへ対する陰口だ。

「エステルのことだけじゃないわ！　ニートはいつもそう！　それが解っているから、あいつらも付け上がるのよ！　一度、ガツンと言ったら良いのよ！」

ニート自身も、古参たちも解っていない。

ニートがどれほど村に貢献しているか、ニートがもしいなくなったら村がどれだけ困るかを。

フィートおじさんは確かに強くて頼りがいのあるヒトだった。

五年前の夏だったか、村の外れにモンスターのオーガが迷い込んで畑を荒らし回ったとき、それを単独で倒している。

それも拍子抜けするほどにあっさりとだ。父さんが馬を街まで走らせて、三日後に慌てて駆け付けた討伐のための冒険者たちが、オーガの死体を前に凄く驚いていたのが印象的でよく憶えている。

しかし、フィートおじさんの域にはさすがに届いていなくても、ニートは近隣の村々の猟師たちに負けてはいない。

その証拠にうちの村にはオオカミやクマなどの猛獣はもちろんのこと、ゴブリンを代表とするモンスターが近づかず、今年も明日の収穫祭を無事に迎えられる。

おかげで、今の子供たちはモンスターを知識で知ってはいても本物は知らない。

だが、私より上の世代は全員がモンスターの恐ろしさを知っている。当時はまだ幼かったが、記憶にはっきりと刻まれて残っている。

毎年、秋になると収穫物を狙ってのモンスターたちの襲撃が、うちの村を含む近隣の村々の何処かで必ず発生していたのを。

モンスターの襲撃を知らせる鐘が鳴ると村は蜂の巣をつついたような大騒ぎになり、女たちと子供たちは一ヵ所に集められて、誰もが恐怖にブルブルと震える身を寄せ合い、男たちは斧《おの》や鍬《くわ》といった仕事道具を武器にモンスターへ果敢に立ち向かい、時には犠牲が出てしまうことがあったのを。

それに対して、父さんや近隣の村々の村長はお金を出し合い、冒険者数人を秋の入りから冬前までの季節は必ず雇って、村々を巡回、常駐させていた。

フィートおじさんも最初はそうした村を守るために雇われた冒険者の一人だった。

父さんがその類い稀《まれ》な腕っ節と誠実な性格を気に入り、村の猟師を担っていたお爺《じい》さんの後継者を前々から探していた事情もあって、うちの村の猟師にぜひともなってくれと必死に口説き落としたらしい。

その翌年からだ。一年を通して、モンスターの襲撃が完全にピタリと途絶えたのは。

父さんの話によると、モンスターの世界は強者《つわもの》が絶対者のため、自分より強い者とそのテリトリーに敏感であり、自身の存在が脅かされない限り、強者のテリトリーへ踏み込んでくることはめったにないのだとか。

だから、フィートおじさんは秋になると近隣の村々を回って歩くので大忙しだった。

その効果は明らかに現れ、近隣の村々でもモンスターの襲撃は減ってゆき、多額の費用を必要とする冒険者を雇う必要がなくなった分、この周辺一帯は少しずつではあるが豊かなほうへ向かっていた。

そのため、フィートおじさんが亡くなったとき、父さんや近隣の村々の村長はその死を悲しむ前に困ったはずだ。

今年から冒険者を再び雇わなければならず、せっかく豊かになりかけている生活がまた以前に戻ってしまうと。

実を言うと、村のみんなには知らされていないが、既に二つの村がモンスターの襲撃に遭っている。

冒険者たちが秋の入りに雇われて、それぞれの村を巡回、常駐していてもだ。うちの村へ冒険者たちが巡回に訪れていないのはフィートおじさんの跡を継いだニートを試す理由があったからだ。

そして、結論を言えば、畑の麦や作物が実り、その収穫を半ば終えたが、うちの村ではモンスターの襲撃が一度も起こっていない。

私はうちの村が安全なのはニートがいるからこそと自信を持って言える。父さんだって、兄さんがそうだったようにあの山の主の毛皮を見たら、ニートへ太鼓判を押してくれるに違いない。

ニートにはもっと堂々としてほしい。

声高に『うちの村は俺が守っているんだぞ！』と威張って、悪口を言う人たちを黙らせてもバチは当たらない。

「そうよ！　ニートが悪い！　私はちっとも悪くない！」

ついでに前々から思っている不満と言うか、疑問。

ときどき、ニートは自分の名前を呼ばれた際、とても微妙な表情を浮かべることがある。あれはどうしてなのだろうか。

五年前だったか、六年前だったか、うちの村を訪れた吟遊詩人のお姉さんが唄ってくれた歌がある。

今からずっとずっと昔。ここから山を越えて、森を越えて、砂漠を越えた先にある南の遠い遠い異国の実在した英雄譚《たん》。

仕えた主に絶対の忠誠を誓い、その窮地を幾度も救って、ついには玉座すらも主に献上した『光の槍《やり》』の二つ名で呼ばれた英雄『ニート』の物語である。

とかく、男の子はこういう騎士物語が大好きだ。

すぐに影響を受けて、自分も騎士になるのだと宣言して、騎士ごっこにしばらく夢中となる。

吟遊詩人のお姉さんは最前列にいる少年の名前がニートと知り、これは大ウケすると絶対の確信を持って唄ったに違いない。

ところが、ニートの反応は正反対だった。

顔を引きつらせたうえ、歌がまだ途中なのにこれ以上は聞いていられないと言わんばかりに席を立ち、その場から肩を落として去っている。

当時は幼くて気づきもしなかったが、この英雄『ニート』こそがニートの名前の由来ではないだろうか。

英雄にあやかって、親が自分の子供にその名前を付けるのは決して変なことではない。うちの村でも数人いる。

それにフィートとニートのどちらもこの辺りでは二人以外に聞かない珍しい名前であり、フィートおじさんは生まれ故郷を何処と明確に教えてはくれなかったが、ここではない南の遠い国だと言っていた。

これだけなら説得材料にはまだ甘いかもしれないが、英雄『ニート』は『光の槍』の二つ名で呼ばれた槍の名手。

フィートおじさんも、ニートも得意としている棒術がその実は槍術《そうじゅつ》だとしたら、不明瞭ながらも強い説得力があるような気がしてならない。

しかし、この名誉ある名前をニートはどうもお気に召していないらしい。

もしかしたら、英雄と讃えられているヒトと比較されるのが嫌なのだろうかと思ったが、ニートの場合は何となく違う気がする。

「コゼット、ここにいたか！」

突然、切羽詰まった怒鳴るような大声が背中にぶつけられた。

ニートへ対する不満暴露大会は中断。目録を作る手を止めて、背後を振り返ると、積み上がってできた麦袋の通路の先に血相を変えた兄さんが息を切らしていた。

「ど、どうしたの？」

「たった今、先触れが来た！　領主様のじゃない！　知らない貴族様のだ！」

「えっ!?」

明らかに尋常でない様子に嫌な予感を覚え、それは当たらなくてもよいのに見事的中する。

目録の羊皮紙に突き立てたままの羽根ペンが思わず滑り、書きかけの目録を台無しにするが気にしている余裕はなかった。

幸いにして、うちの村を統治する領主様は先代様も、当代様も立派な御方である。

村に赤ちゃんが産まれたら一緒に喜んでくれ、村人が結婚したら一緒に祝ってくれ、村人が亡くなったら一緒に哀《かな》しんでくれ、凶作のときは一緒に悩んで税を下げてくれる。

だが、村長の娘として、私は父さんに教えられた。

領主様のような方は稀有《けう》な存在であり、大抵の貴族は平民を虫けらのように扱う。領主様以外に誠実な貴族はお伽噺《とぎばなし》の中でしか知らないと。

村長の娘だからこそ、聞きたくない噂も聞く。

取るに足らない理由で無礼討ちをされたとか、若い娘が拐《さら》われて手込めにされたとか、貴族の理不尽な振る舞いに関する噂が月に一、二回は村に届く。

しかし、村のみんなはソレを知らない。

戦役で村の外を経験した男たちは違うが、それ以外は旅人や行商人のおじさんから外の話を聞いていても、それは遠い国の出来事だと勘違いしている。

領主様がとても優しく誠実な方であり、ここが辺境中の辺境故に領主様以外の貴族が訪れるなんて、十年に一度あるか、ないかの珍しい出来事だけに。

「今すぐ、女と子供を集めて、森へ……。いや、適当な空き家でよいから、今すぐ隠れろ！」

「解った！」

「イルマがこっち側を集めている！　おまえは村の西側を頼む！」

すぐさま羽根ペンと目録を投げ捨てると、この緊急事態を村のみんなに伝えるべく全速力で駆け出した。

＊

「しっ！　静かにして……」

明日の祭りに浮ついていた村の雰囲気は一変した。

当初、私が村の西側に住んでいる女子供たちに避難を急《せ》かしても危機感はなかった。

子供たちは何かの催しが始まるのかとはしゃぎ、女たちは祭り前の忙しさを邪魔されて不満を口にしていた。

しかし、つい怒鳴ってしまった私のただならぬ様子に緊急事態と悟ったらしい。

一人、二人と協力者が現れ、ようやく一軒の空き家に皆を集めると正に間一髪のタイミング。貴族が乗っているだろう馬車が村の広場に現れた。

そして、そのあまりの豪華さに絶句した。

まず馬が四頭立てという時点でもう十分に豪華だが、その馬が村で飼っている馬と見た目がまるで違う。

四頭の馬はどれも脚が長くて、細身ながらも筋肉質な身体付き。毛並みは輝くほどに艶《つや》やか。

それに対して、村の馬はずんぐりむっくり。どこもかしこも正反対であり、同じ馬かと思うくらい優美さに差がある。

馬車だって、私たちが知っている幌《ほろ》を張った馬車と違う。

動く部屋とでも言うべきか、木で作られた黒塗りの箱型で金色の装飾が随所に施されて輝き、なんとカーテンが閉め切られた大きな窓にはガラスが入っている。

ガラスなんて、うちの村では領主様が滞在する際に使う部屋の窓にしか入っていない。

普段だって、二重の木窓で大事に守られているそのガラスが走ったらガタガタと揺れる馬車の窓に使われているなんて信じられない。

しかも、豪華なのは馬車だけじゃない。

馬車の周りで騎乗する騎士たちの馬もやはり村の馬とは比べものにならない優美さがあり、その者たち自身も私たちが着ているような服より遥《はる》かに上等な服を着て、旅装とは思えない豪華さがある。

「みんな、ちゃんといる？　お互いに確かめ合って？」

窓をほんの少しだけ開けて、村の中央を流れる川を間に挟んだ広場の様子を代わる代わる覗《のぞ》き見《み》した途端。

例外は一人もなく、ここに至って不満を漏らしていた者たちも余裕を瞬く間に失い、私同様に絶句して、顔を青ざめさせる者さえも現れる。

それほど窓の隙間から見える光景は世界が違った。

年に二度か、三度、村へ視察に訪れる領主様の馬車とて、私たちから見たら立派なものだが、あの馬車は格が違った。

領主様が使う馬車より遥かに豪華であり、持ち主の身分が領主様より高く、その力も大きいのが村の外を知らなくても一目で窺い知れた。

それに加えて、兵士たちの人数だ。

うちの村は辺境中の辺境故に旅人はめったに訪れず、訪れたとしても十人を越えたことがない。

遠くの村で厄介なモンスターが現れ、その討伐に領主様が兵士たちを率いて、フィートおじさんを迎えに来たときでさえも二十人程度だった。

それが百人以上。もしかしたら、村始まって以来の出来事かもしれない。

大人も、子供も、老人も、すべてを合わせた村人全員の半分に達する人数であり、大人の男たちの数より勝っているのだから恐怖を覚えないはずがない。

挙げ句の果て、その大人の男たちは全員が揃って馬車を前に平伏である。

普段、頼りになるマークおじさんも、子供たちにとって怖い存在のナブーおじさんも、威張り散らすだけでうるさいギムリおじさんも、突然襲ってきた嵐が通り過ぎるのを待つようにただただ頭を下げていた。

それでいながら肝心の貴族は姿を見せておらず、馬車のカーテンすら開けていない。

まるで自分とおまえたちは違うと言わんばかり。

馬車のドアの前に立ち塞がる上等な黒い服で身を固めた壮年の男性が父さんと兄さんの二人と喋っている。

その様子を遠目で見る限り、何やら無理難題を押し付けられているように感じる。

地べたに正座する父さんと兄さんは頭をしきりに下げており、その後ろにいる名主の二人もそれに合わせて頭を下げている。

涙が自然と溢《あふ》れてきた。うちの村の領主様でないにもかかわらず、突然にやってきて、父さんや兄さんたちがあそこまで必死に頭を下げなければならない理由は何だというのか。

「あれー？　エステルお姉ちゃんがいないよー？」

「えっ⁉」

だが、そんな疑問など一気に吹き飛んでしまう驚愕の事実が一人の女の子から告げられる。

これ以上なく見開ききった目で振り向いて、広場を覗《のぞ》いていた窓以外は閉めきった薄暗い部屋をキョロキョロと見渡すが、その姿は見つからない。

慌てて部屋から駆け出て、いくら言い聞かせても突然の危機が解らずにまるで土砂降りがきたときのようにはしゃいで落ち着かない幼い子供たちが集う部屋へと向かう。

「どうしたの？　何かあった？」

「実は……」

だが、エステルの姿は見当たらない。

明らかに焦った私の様子に子供をあやしていた女性たちの間に動揺が走る。

その中心となっている義姉さんがみんなを代表して下ろしていた腰を床から上げ、その疑問に応えようとした次の瞬間だった。

「エステルお姉ちゃん、いたよー」

「トイレへ行っていたみたいー」

先ほどいた部屋から朗報が入り、思わず胸をホッと撫《な》で下《お》ろして安堵《あんど》の溜息を漏らす。

どうやら、それで察してくれたらしい。義姉さんは私を労《いたわ》るように微笑んで頷きながら再び床へ座り、そんな義姉さんに頷き返して私は子供たちが集う部屋へ戻る。

しかし、安堵が大きすぎて気づく余裕がなかった。

この家はトイレへ行くのも、帰ってくるのも、私が走ってきた廊下を必ず通らなければならず、エステルがこの家のトイレから帰ってきたなら廊下で絶対に会っていたはずなのを。

「もうっ……。駄目じゃない。トイレだからって、勝手に何処かへ行くなんて……。って、あれ？　エステルは？」

「あそこー」

「えっ⁉」

事態は最悪のほうへ向かっていた。

戻ってきた部屋を再び見渡すが、エステルの姿は先ほどと一緒で見当たらない。

私の問いかけに数人の子供が声を揃えながら窓を指さし、その意味が解らずに首を傾げるが、一呼吸の間を空けて、それが何を意味しているのかを理解して息を呑む。

「ほら、広場のトイレだよ」

「えっ⁉」

子供たちが指さしているのは窓の隙間の向こう側。

そう、子供たちが教えてくれたトイレとはこの家のトイレに非《あら》ず、広場に設けられた村の共同トイレだった。

だが、共同トイレは共同貯蔵庫のすぐ隣。

私が真っ先に使用中の者はいないかと調べた場所だったにもかかわらず、エステルを何故に見つけることができなかったのか。

恐らく、今の今までトイレから出てこなかった事情を察すると、エステルは大きいほうの用を足していたのではなかろうか。

私だって、小さいほうならまだしも、大きいほうの最中に所在を問われたら、いくら同じ女とはいえどもエステル同様に羞恥心から無言を貫くに決まっている。

ましてや、私は共同トイレの出入り口から声を『誰かいる？』とかけただけ。

いくら慌てていても個室はたったの三つしかない。その一つ一つの扉を開ける小さな手間を惜しんだのは私の落ち度だ。

しかし、希望はまだあった。

エステルはまだ子供だが、村の子供たちの中では最年長で敏《さと》い。うまく立ち回りさえしたら、無礼討ちなんて事態は起こらない。

そう信じて、隙間が開けられた窓へ駆け寄る途中、エステルの悲鳴が響き渡った。

その悲鳴に身体が強張《こわば》る。

同時にいくら言い聞かせてもお喋《しゃべ》りを止めようとしなかった子供たちがピタリと静かになった。

「だ、大丈夫……。だ、大丈夫よ。だ、だから、安心して？」

自分自身、まるで説得力がないと感じたが、不安そうに揺れるあまたの視線を向けられては言わざるを得なかった。

そう言わなければ、一人が泣き出すのをきっかけにして、全員が一斉に泣き出すのは目に見えていたし、自分を勇気付ける意味もあった。

エステルは大袈裟《おおげさ》に騒いでいるだけ。実は大したことではない。

そう信じながら窓の隙間へ身を慎重に寄せて、広場の様子を覗くなり、その信じられない光景に愕然とした。

「ま、まさか……。う、嘘っ⁉」

エステルが必死に泣き叫びながら暴れていた。

当然だ。背後から屈強な兵士に羽交い締めにされて、もう一人の兵士に着ている服を乱暴に脱がされているのだから。

どうして、そんなひどいことを小さな女の子相手にできるのか。心は痛まないのか。

たまらず二人の兵士を睨み付けるが、二人の兵士は完全な無表情。慣れた作業を淡々と行っているのがありありと解り、身体がブルリと震える。

やがて、エステルは最後のショーツすらも剝ぎ取られ、それを合図に馬車の扉が開く。

白昼、全裸にさせられたエステルはますます泣き叫んで暴れるが、所詮は子供の力。屈強な兵士の力に勝てるはずもない。

兵士二人によって、両脇を抱えられながら運ばれて、馬車の中へと強引に放り込まれてしまい、それを合図に馬車の扉が再び閉まる。

それが意味するところをすぐに察したが、とても理解が追いつかなかった。

エステルは発育がいくら良いとは言っても、やはり見た目はまだまだ子供だ。アソコの毛はまだ生えておらず、月のモノもまだ迎えていない。

その子供を『手込め』にするなどあり得るのか。

もし、あり得るとするなら、それは人の所業ではない。モンスターの所業と言うしかない。

父さんと兄さんの二人が懸命に叫び、請い、その頭で大地を何度も、何度も叩いている様子を見ても、自分の考えをまさかと信じられなかった。

「あ、あれは……。そ、それじゃあ、本当に？」

だが、現実を受け入れさせるに至る出来事が起こる。

凄まじい雄叫《おたけ》びがあがった。エステルの名をただひたすらに叫び、それを聞く者の涙を誘うほどの慟哭《どうこく》があがった。

平伏する村の男たちの中、エステルのお父さんが立ち上がり、馬車へと一直線に駆ける。

しかし、多勢に無勢。立ち塞がった兵士たちによって、すぐに取り押さえられてしまう。

誰が見てもそれは明らかに無謀な行為だったが、エステルのお父さんが無謀と知りながらもそうせざるを得なかったのも明らかだった。

「ううっ……」

それほどの騒ぎが外で起こっているにもかかわらず、馬車の主は完全に無関心。扉が開く気配はなく、その場に留まったままの馬車が小刻みに揺れ始める。

もう直視はできなかった。その場に腰を力なく落としてうなだれると、壁に額を押し付けながらただただ泣いた。

第五話　産声《うぶごえ》

「ふっ！　はっ！　ほっ！」

毎朝の日課である鍛錬を行うが、棒をいくら振るってもいつものような充実感を得られない。耐えがたい苛立《いらだ》ちが心の奥底で燻《くすぶ》り続け、それを晴らそうと棒を躍起になって振るうが、心のソレは全く消えてくれない。

その原因は何かなんて解りきっていた。

俺が山小屋へ忘れ物のモーモー鳥を取りに戻っている間、村で発生したエステルに関する事件に他ならない。

村長は領主様に掛け合うために馬を走らせたがどうなることやら。

ただ一つだけ確かなのは、今日行われるはずだった秋の収穫祭は中止か、延期になるだろう。

聞けば、領主様が住んでいる街は歩きで一週間はかかるらしい。

どんなに馬で急いだとしても、今日中に帰ってくるのは不可能だ。祭りは村長がいなくては始まらない。

ケビンさんなら代理を十分に務められるだろうが、村の大人たちは事件の影響で沈みきって、とても祭りどころではない。幼い子供たちが大人たちの様子に戸惑い、事情を理解できないなりに普段よりおとなしくしていたのが印象的だった。

「ふっ！　はっ！　ほっ！」

そう、俺は間に合わなかった。

山小屋からの帰路。モーモー鳥を背負い、エステルが喜ぶ笑顔を想像しながら心を弾ませて村へ戻ったとき、何もかもがすべて終わった後だった。

自分がひどく滑稽で仕方がなかった。

守るべき妹分の身に災厄が訪れているときにおらず、その災厄の元凶たる貴族がとっくに立ち去ってから今更ながらに現れ、どんなに怒りを叫ぼうが情けないだけで。

挙げ句の果て、俺はエステルに慰めの言葉すらかけていない。

見舞いに行ったが、どんな顔で会ったら良いのかが解らず、エステルの親父さんから『今はそっとしておいてやってくれ』と告げられた言葉を言い訳にして、モーモー鳥だけを渡して逃げ出している。

この自分だけの世界がある山小屋へ。

生まれ変わり、この世界の厳しさを知って、少しは変われたとうぬぼれていたが、やはり変わっていなかった。

よく考えてみれば、この世界に生まれ変わったのだって、前世から逃げ出したようなものだ。自分の情けなさに呆れてくるが、今はまだ村へ下りて、エステルと会う勇気が持てなかった。

「ニート！」

「えっ⁉　あっ⁉　う、うん……。な、何でもないの」

「んっ⁉　どうした？」

突然、山小屋のドアが乱暴に開いて、全裸のコゼットが血相を変えた表情で息を切らしながら姿を現す。

ひょっとすると、昨日の事件を苦にするあまり俺が何処かへ行ってしまったのかと心配してくれたのだろうか。

いや、そうに違いない。俺を高く買ってくれるのは嬉しいが、残念ながら俺は見知らぬ地に一人で逃げ出すほどの度胸は持ち合わせていない。

重ねて情けないことに、勝手に逃げ出した癖して、今の俺はコゼットを必要としていた。

今、冷静でいられるのはコゼットのおかげだ。もし、コゼットがいなかったら、自暴自棄になっていたのは間違いない。

その代わり、昨夜はコゼットを思いやることが全くできず、とにかく自分の感情をぶつけるが如《ごと》く乱暴に抱いてしまったのを今は後悔していた。

また、ケビンさんに気を遣わせてしまったのにも申し訳なさを感じる。

コゼットの朝帰りを注意されたのはつい昨日にもかかわらず、コゼットがここにおり、俺との一夜を共にしてくれたのは朝帰りを注意した本人であるケビンさんがコゼットを送り出してくれたからではなかろうか。

それと言うまでもないが、俺とコゼットの結婚は延期するしかない。

ただし、ケビンさんから注意を受けた手前、けじめは付ける必要がある。村長が帰り次第、挨拶に行って、今はなあなあになっているコゼットとの婚約を正式に結ぼうと考えている。

結婚式を挙げるのはいつになるか。

来年の春にするか、もっと先にするか。今はまだそこまで気を回す余裕がない。

「だったら、服くらい着たら？」

「うぇっ⁉」

「それとも、もう一回する？　コゼットが物足りないって言うのなら俺もやぶさかでは……」

「ば、馬鹿馬鹿！　ニ、ニートのエッチ！」

だから、今はコゼットに感謝して、普段どおりに振る舞うのがせめてものお返し。

殊更にスケべったらしくニヤニヤと笑うと、コゼットは今更ながらに自分が全裸だと気づいたらしい。

顔を瞬く間に紅く染めて、慌てて山小屋へと撤退。ドアを開けたとき以上の乱暴さで音をバシンと立てて閉める。その可愛らしさに頬が自然と緩んで愛おしさが込み上げてくる。

「ふぅ……」

だが、コゼットの姿が見えなくなってしばらくすると、一旦は晴れた靄《もや》が心を再び覆い尽くして、溜息が知らず知らずのうちに漏れていた。

＊

「ええっと……。ここ、何処だ？」

両親が今の村に定住を決めて、約八年。親父と共に森を歩くようになってからは四年を数えるが、こんな場所があるのを初めて知った。

大体の目測で対岸までの距離は一キロ弱。森を抜けたら、いきなり目の前に広い湖が現れたために危うく落ちかけた。

現在位置を知るため、ここまでの経緯を振り返る。

俺はいつもより会話が少ないコゼットとの朝食の後、いても立ってもいられない焦燥感を紛らわせようと狩りに出かけたはずだった。

しかし、収穫はおろか、獣一匹すら見つからない。

当然である。狩りの極意とは自分自身の気配をいかに殺すか、獲物にどれだけ接近ができるかにかかっている。

それを承知していながら怒りを森に撒き散らしていたのだから馬鹿と言うしかない。獲物たちが俺の存在を事前に察知して逃げるのは当然の理だ。

だが、鎮火させようと躍起になっても、心の中の火は燻《くすぶ》り続けてどうしても消えない。

収穫が得られない苛立ちも重なり、いつしか歩みは早足に、早足は駆け足に、駆け足は全力疾走に変わり、最後は無我夢中になった結果が現状である。間抜けと言うしかない。

「太陽があそこで、影がそっち……」

空を見上げれば、太陽は半ばを越えた辺り。二時間以上は確実に走っていたのが解る。

平地ならまだしも、上り下りの勾配や鬱蒼とした藪がある森の中をそれだけ走り、体力がよく続いたなと自分自身に感心する。

シャツは当然として、ズボンはしっとりと、その中のパンツはびっしょりと濡《ぬ》れている。

まるで土砂降りの中を歩いたかのように着心地が悪いが、うまい具合に目の前は水の澄み切った綺麗《きれい》な湖。まずは開けた場所を探して、水浴びをしようと湖に沿って歩き出す。

「まっ、いっか……。悩むのは後にしよう」

初めての見知らぬ土地に戸惑いはあっても焦りはなかった。

前の世界の俺だったら焦りに焦り、どうする、こうする、ああすると右往左往するばかりだろうが、今の俺は猟師。森で生き抜く術を親父から徹底的に仕込まれている。

最悪、夜を待てば大丈夫だ。

ヒトにとって、夜の森は死の世界へと早変わりするが、星は太陽以上に現在地を把握しやすい。

その自信が見知らぬ地へ来た冒険心を駆り立て、俺の足と心を軽くさせた。

ところが、森が切れて手頃な広さの草原が目の前に広がり、ここに決めたとシャツを早速脱ぎかけた次の瞬間。

右手側の少し離れた場所に建っている屋敷を見つけてピタリと固まり、脱ぎかけたシャツを着直して、足を一歩、二歩、三歩とゆっくり下げてゆく。

なぜならば、その屋敷は俺たちが住んでいるような丸太小屋とは明らかに違った。

「えっ!? まさか、ここって……。領主様の？」

きちんと加工された板張りの大きな屋敷であり、随所に施された装飾の豪華さから貴族の屋敷と一目で解ったからだ。

その昔、親父から教えられた注意をふと思い出す。

村のずっと、ずっと東にある湖に領主様が避暑に使っている別荘が在り、その周辺の森は禁猟区になっており、立ち入りが厳禁されているため、東へ狩りに出かけるときは特に気をつけろと強く戒められていた。

この世界はヒトが群れを成す場所から一歩でも外へ出たら、何が起こるか解らない魔境。

ヒトの姿を見ても逃げ出さずに襲いかかってくる猛獣はもちろんのこと、盗賊や山賊、ゴブリンと言った前の世界で言うファンタジーなモンスターすら存在しており、命の保証は何処にもない。

しかも、隣村や隣街との距離は半日がかり、一日がかりが当たり前。

移動手段は徒歩、あるいは馬か、馬車しかなく、村と村の間にあるのはヒトが何十年、何百年、何千年と行き交って踏み固めた街道のみ。完全な無法地帯しかない。

そのため、隣村であっても、単独で赴くことはまずあり得ない。

出発日を用事がある者同士で申し合わせるか、行商人や領主様が率いる軍隊に同行する。

そう言った理由から、旅という文化がまるで進んでおらず、自分が生まれた村や街以外を生涯にわたって知らないと言う者は決して珍しくない。

つまり、こんな人里を離れた辺鄙《へんぴ》な場所に屋敷を建てる人種は三種類に限定される。

可能性の高い順に、護衛の兵士たちを雇えるほどの財産を持つ大金持ちか、いつ死んでも後悔はしないと考えている変人や世捨て人か、自分は死なないと絶対の自信を持っている強者《つわもの》か。

後者の二人が村の周辺に住んでいる噂は一度も聞いたことがないため、正解はおのずと最初の可能性となる。

湖と別荘。親父の注意の中にあった条件と一致しているのは二つしかないが、ここがその領主様の別荘に違いない。

しかし、腑《ふ》に落ちない点が一つ。

馬屋に横付けされている馬車が領主様のモノではない。

領主様がいつも村へ訪れる際に乗っていた馬車は質実剛健さが感じられるシックなモノであり、あのようにキラキラと飾り立てられた下品なモノとは違った。

だったら、あの馬車は誰のモノなのかと考えたそのときだった。

「やばっ……」

屋敷裏《やしきうら》、すぐ近くのドアが開き、慌てて藪の中に身を隠しながらその様子を窺う。

姿を現したのは俺より少し年上と思われる二人の大人。

絹っぽい光沢のある贅沢な服を着て、どちらも明らかに貴族と見て取れるのだが、片方のセンスが最悪。隠れているのに思わず『うわぁ……』と呟きを漏らしてしまったほど。

上着が赤なら、ズボンは緑。オシャレポイントの帯は黄色。

おまえは信号機かとツッコみたくなる原色を使ったちぐはぐな組み合わせのうえ、己の財力をこれでもかと誇るように指輪や腕輪、首飾りで自分自身をきんきらきんのぴかぴかに飾り立てているのだから手に負えない。

見ているだけで眩暈《めまい》を覚え、たまらず視線を上げてみると、その髪型は似合わないマッシュルームカットときた。

もう頭から足の爪先まで駄目駄目なセンス。貴族ならスタイリストの一人や二人くらいは雇えよと声を大にして言いたい。

先ほど感じた疑問の答えが解った。

あの下品な馬車の所有者はこいつだ。あんな下品な馬車を平気で乗り回せる奴はこいつ以外にそういない。

だが、特筆すべき点は最悪のセンスよりもその肥満体のほうだろう。

この世界と言うか、うちの村に酒好きの酒太りはいても暴食で太った者は一人もいない。

太れるほどの裕福さがないとも言い換えられる。

食事は腹八分目が基本。満足するまで腹一杯に食べるのは祭りの日や祝い事があったときのみ。

これは制限を敢えて課しているためだが、それはダイエットという馬鹿馬鹿しい理由からではない。

今日の二分目をあらかじめ残しておいて、明日に備える。それを繰り返すことによって、今日だけではなく、明日も生きてゆくためである。

第一、この世界はダイエットを必要としない。日々、己が生きてゆくための仕事、あるいは役目を行っていたら、食べた分のエネルギーは自然と消費されてゆき、痩せている者のほうが多い。

太っているとしたら、それは太って見えているだけ。

服を脱ぐと実は骨太だったり、筋肉質だったり。酒太りの者たちも弛《ゆる》んで出ているのは腹だけ。

しかし、マッシュルームカットのソレは違う。

腹は見事な太鼓腹、首下は贅肉《ぜいにく》で緩みきり、服の袖口から見える手首はまるで燻製前のボンレスハム。正しく、飽食による肥満だった。

あの下品な馬車と言い、きんきらきんな装飾品の数々と言い、どれだけの財産を持っていて、どれほど贅沢な食事を日々しているのか。

ぐうたらな毎日を過ごしていた前の世界の俺でも、あそこまでは至っていなかった。

「ふぅ……」

二人が数メートル先の目の前を通り過ぎてゆく。

どうやら気づかれなかったらしい。安堵の溜息を短く漏らす。

ここは『触らぬ神に祟《たた》りなし』だ。さっさと退散するに限る。

自分の気配を消すことに意識を集中させながら体勢を極力低くした四つん這いとなり、藪の中をゆっくりと後退してゆく。

しかし、不意にある疑問が頭に浮かび、動きをピタリと止める。

どうして、領主様以外の貴族がここにいるのか。俺は両親が今の村に定住を決めてから領主様以外の貴族を見たことがない。

まさか、こんな偶然があるだろうか。

旅人すらめったに訪れない田舎を訪れている領主様以外の貴族とエステルを襲った昨日の災厄。まるで悩んでいたジグソーパズルの一角にピースがぴったりと当て嵌《は》まったような感覚に、今さっきまでとは反対に藪の中をゆっくりと前進してゆく。

これ以上は前へ進めない森と草原の境目にうつぶせると、両耳にあてがった両手を二人の方角へと向けて目を閉じ、耳だけに意識を集中させてできる限りの音を集める。

「なあ、もう帰らないか？　王都にだ」

……と言っても、小うるさいジェロームの所ではないぞ？

「さすがに無理だろ？　あそこまで陛下を怒らせたらなぁ～」

「そう、それだ。陛下も案外と心が狭いと思わないか？　たかだか、一万や二万の平民が死んだくらいで謹慎しろとは……」

「仕方ないだろ。あのオーガスタ要塞を落とされたんだからな」

「ふん！　それこそ、平民どもがふがいないせいではないか！」

「まあ、そうなんだけどさ」

「あの老いぼれもだ！　父上が百戦錬磨の名将というから頼りにしていたというのに……。口を開けば、文句ばかり！　そのうえ、あっさりと討ち死に！　あれの何処が百戦錬磨だ！」

「まあまあ、少しの辛抱だって……。おまえの家は建国以来の武門中の武門『ブラックバーン家』なんだからさ」

二人の話し声が微《かす》かに聞こえてくる。

知らない名詞が多く出てきたが、二人の会話を要約するとこんなところだろう。

会話に出てきた『ジェローム』とは領主様の名前だ。

俺の記憶が確かなら『ジェローム・なんとか・ティミング』という名前だったような気がする。

伯爵位を持つ領主様の名前を呼び捨てにしている点からやっぱりと言うか、肥満の男はかなり高い身分の持ち主に違いない。

一方、もう一人はお目付け役と言ったところか。

会話を対等に交わしているように見えて、もう一人は肥満の男の機嫌を取りながらも政治や世間体を考えている。

いずれにせよ、驚くべきは肥満の男が何処かの重要拠点の司令官を務めていた点だ。

あの肥満体型で満足に戦えるとは思えないし、それ以上にヒトの上に立つ器とは思えない。

事実、国王の不興を買うほどの大敗を喫して、この田舎での謹慎処分を喰らった。

おまけに、監督役の領主様とウマが合わず、謹慎生活に辟易《へきえき》して、領主様がいないここまで逃げてきた。それが二人の、と言うか、肥満の男の事情だ。

それにしても、東の国とうちの国が戦争を長く続けているのは噂で知っていたが、それは小競り合い程度のものとばかり考えていた。

だが、万単位の兵士が戦死するような大きな戦いが続くとなったら、いずれはうちの村にも徴兵令が届くだろう。そのとき、俺は年齢的に選ばれる可能性が高い。

戦争の悲惨さはよく知っている。誰だって、平和が一番良い。

その反面、平和をいくら声高に叫び訴えようが、拳を振り上げる者は馬耳東風で無駄だというのも知っている。

俺は自分が生き残るため、コゼットを護《まも》るため、親父から教えてもらった剣を、棒を、弓をヒトへ向けるのに躊躇《ためら》いはない。

しかし、平民の命を石ころのように考える前方の二人のような下では戦いたくない。

オーガスタ要塞とやらが何処に在るかは知らないが、そこで逝ってしまった者たちがあまりに哀れすぎた。

「なら、王都にはいつになったら帰れる？」

「この辺りはかなり雪深いらしいからな。勅使も来られないだろうし……。来年の春？」

「来年の春だと！　こんな何もない田舎に半年もいろと言うのか！　わざわざ馬車に揺られて、一週間！　噂のモーモー鳥も結局は食えない！　これなら、ジェロームの小言を聞いていたほうがまだマシだった！」

だが、それは俺の知りたいことではない。

村の外の情勢を知ることができたのは今後の役に立つだろうが、今の俺が知りたいのは身近な昨日の出来事に関してだ。

そんな俺の渇望とは裏腹に二人の会話はどうでも良い愚痴ばかり。

苛立ちに思わず舌打ちをするが、そう都合良く俺が望んでいる会話をしてくれるはずがない。

それにソレを知ったとして、俺はどうするつもりか。

相手は領主様より高位と思《おぼ》しき貴族であり、最初からなす術なんてありはしない。

ここまでの会話を聞く限り、平民の命を石ころのように考える腐った奴らである。

下手なことをしたら、どうなるか解ったモノじゃない。奴らにとったらおもしろ半分の被害が村へ及ぶ可能性すらある。

しかし、せっかく見つけた手掛かり。俺は真実だけでも知りたかった。

こうなったら、長期戦を覚悟するしかない。

場合によっては屋敷の中へ忍び込む必要がある。そのための侵入路を探そうと視線を屋敷へ向けた矢先の出来事だった。

「まぁまぁ……。その代わりと言っては何だが、昨日は別のモノを味わえただろ？」

「おお、それだ！　こんな田舎にあれほどの上物がいるとはな！」

「上物ねぇ～？　おまえとは子供のころからの付き合いだが、おまえのその趣味だけは解らんよ」

「それはこっちの台詞《せりふ》だ。どうして、解らない？　少女から女へと変わる一瞬の美しさ……。あれこそ、究極の美だ！　昨日の娘なんて、毛もまだ生えていないのに胸は生意気にも膨らみかけていてな！　正にこれだと感動したくらいだ！」

俺が望んでいた真実の手掛かりらしき会話が聞こえた。

長期戦を覚悟したばかりだったため、動揺のあまり藪をカサリと鳴らしてしまったが、二人が気づいた様子は全くない。

胸をホッと撫で下ろしながら頬を次から次へと伝う鬱陶しい汗を拭い、二人の会話の一言一句を聞き漏らすまいと耳に意識をより集中させる。

「はいはい……。究極の美ね。俺は普通の美で十分だよ」

「それに好いた男がいたらしいな。何と呼んでいたか？　確か……。そう、ニートだったか？」

「ああ……。そう言えば、何度も叫んでいたな」

もはや、疑いようのない確信に至る。

前方にいる肥満の男こそ、エステルに非道を行った奴で間違いはなかった。

心の中で燻り続けていた火種が一気に燃え上がるが、炎となって燃え盛ろうとするのを奥歯をギリギリと鳴るほどに噛《か》み締《し》めて必死に堪える。

肩がブルブルと震え、顔の両脇に置いた両手が生えている雑草をブチブチと音を立てて引き千切っていても気にする余裕はなく、せめてもの復讐《ふくしゅう》に肥満の男を眉間が痛くなるほど睨み付ける。

『いってらっしゃい』

『ああ、いってくる』

今朝、狩りに出発する際、コゼットと交わした挨拶。

何百回と繰り返してきた日常的な儀式に特別な言葉は必要なく、コゼットはいつもどおりに笑顔で送り出してくれたが、その笑顔は不安を滲《にじ》ませた少しぎこちないものだった。

これ以上、その笑顔を曇らせることはできない。

今すぐに藪から飛び出して、肥満の男を全力で殴りたい衝動に駆られるが、それをギリギリ寸前のところで踏み止まらせる。

「そうそう、ニート、ニートと叫ぶたびにきゅうきゅうと締まってな。これが実にたまらんかった。なあ、春先まで帰れぬと言うのなら、あの娘を俺の侍女にできぬか？　いっそ、妾《めかけ》待遇でも構わんぞ？」

「それほどか……。でも、駄目だろうな。ここはティミング卿《きょう》の土地だ。なら、領民もティミング卿のもの。摘《つま》み食《ぐ》い程度なら許されるだろうが……。それはさすがに駄目だろ？」

「うむぅ～～……。やっぱり、そうか」

だが、肥満の男がエステルに行った非道を武勇伝のように誇り、下卑た笑みを浮かべた瞬間。

俺の頭は真っ白に染まった。気づいたときには立ち上がり、雄叫びを轟かせながら渾身の一撃を放つべく両手に持つ棒を右へ振り上げ、藪から飛び出して駆けていた。

「貴様あああああああああああああああああっ！」

しかし、俺は二人の会話を聞き取るのに集中しすぎて気づいていなかった。

いつの間にか、数人の兵士たちが肥満の男ともう一人を護衛するため、遠巻きに控えていたのを。

第二章　戦争奴隷編

第一話　旅立ち

「社訓、一！　お客様へのお役立ち！」

ただでさえ、憂鬱《ゆううつ》な月曜日の朝という状況に加えて、今朝は面倒な日替わり朝礼司会当番日。

俺のかけ声に合わせて、営業課の全員が続いて唱和する。それほど広くない営業課室に十数人の声が木霊《こだま》して頭が痛くなる。

中学校では科学部、高校では帰宅部、大学では戦史研究会という弱小サークルに所属。

体育会系とは縁遠い道を歩いてきた俺にとって、この社訓と社是を社員一堂で唱和する前時代的な朝礼は苦手な時間であり、今年で入社五年目を数える今でも慣れずにおり、大声を出す行為が気恥ずかしかった。

しかし、声が少しでも小さかったら課長から叱責が飛んでくる。

新人時代、人が行き交う会社前で約三十分にわたり、当時は係長だった課長が満足するまで叫ばされた罰はちょっとしたトラウマになっている。それを再び味わいたくないために声を張る。

こんな悪習、俺が経営者だったら絶対に実施しない。

愛社精神を育《はぐく》む目的があるのだろうが絶対に無駄、無理。そういった心は自然と育まれるものであって、強要するものでは決してない。

この悪習で愛社精神が芽生えたとしたら、それは洗脳による錯覚に過ぎない。

「今日の一言、いつも笑顔で和の心。えーー……。皆さん、笑っていますか？　最後に声をあげて笑ったのがいつだったか覚えていますか？　私は……」

しかも、朝礼司会当番は社訓と社是の唱和が終わってからこそが本番。

月初めに配られる『職場の知識』と銘打たれた小冊子がある。その月の日付が一ページごとに割り振られていて、そこに書かれている心がちょっと温まる道徳エピソードを朝礼司会当番は読み上げた後、自分なりの感想を発表しなければならないのだが、これが嫌で嫌でたまらなかった。

「さて、今月の成績だが……。今月もトップは二十三口を達成した中島君だ！　皆さん、拍手！」

挙げ句の果て、今週は営業月締め日が木曜日に迫った月曜日の朝礼ときている。

壁にでかでかと貼られているノルマ達成表を見たら一目瞭然にもかかわらず、その月の営業成績が発表されて、課長からノルマ達成者には賞賛が、ノルマ未達成者にはその程度に合わせた分の怒号が送られる最高に素敵な日だ。

営業職とは課せられたノルマを達成するか、しないかで明暗がくっきりはっきりと分かれる職種である。

ノルマを達成すれば、天国。

営業手当として、素敵な数字が給与明細書に並び、銀行口座残高はウハウハで贅沢《ぜいたく》ができる。

それこそ、ノルマを達成した後は自由。

更なる営業手当を目指して稼ぐのも良ければ、漫画喫茶やパチンコ、昼寝で時間を適当に潰してもよい。

朝礼が終わった後、即帰宅。夕方ごろ、会社に電話して、お得意様から自宅へ直接帰ると告げて、実質的な休日を味わった経験もある。

だが、ノルマが未達成なら地獄。

特にうちの会社は基本給が低くて、ノルマと営業手当がイコールで大きく結ばれているため、場合によっては毎日の生活に節約を考える必要が出てくる。

営業月締め日が近づけば近づくほどに、課長の機嫌は傾いてゆき、提出した日報の内容を事細かに駄目出しされ、終業後はサービス残業を遠回しに強要される。

もちろん、土日もノルマ達成のためのサービス出勤が当たり前。休んでいるところに営業をかけられ、嫌な顔をされるのを承知していながらもお得意様に頭を下げて回らなければならない。

さて、俺に話を戻すと最近は運が悪いのもいろいろと重なり、ノルマ未達が四ヵ月も続いていた。

今月も合わせたら、五ヵ月目である。今朝は目が醒《さ》めたときから憂鬱で朝食を食べる気にならず、会社へ向かう電車に乗っているときなんて、このまま終点まで乗っていようかと現実逃避に悩んだくらい。

今月、完全に一日休んだのは第一週の土曜と日曜の二日のみ。

疲労とストレスが明らかに溜《た》まっていた。空腹を感じない空腹を栄養サプリメントと栄養ドリンクでごまかすのも慣れた。

「……でさ。おまえ、どうなっているの？　今、七口だよ？　七口？

今日も含めたら、あと四日で残りの八口を何処《どこ》から持ってくるんだ？」

「申し訳ありません」

とうとう俺の番が巡ってきた。

今月は特に営業課全体の成績が悪い。少しずつ積もりに積もった課長の怒りという爆弾の導火線にいよいよ火が点《つ》きそうな気配を感じる。

しかし、有効な手札は一枚もない。

今日に至るまでにとっくに切り尽くして、残っているカードは謝罪のみ。

実を言うと、お得意様に泣き付いて昨日貰《もら》ったばかりの新規契約三口がある。

だが、それを打ち明けたところでノルマに届かないし、課長の怒りも収まらない。会社としては困るだろうが、一営業員としては今月のノルマ達成は諦めて、その三口を来月分のノルマにあてて、来月を見据えた営業を考えたほうが良い。

営業とは経験を重ねれば、重ねるほどに不思議なものだと感じる。

余裕があるときは運も味方して、契約がトントン拍子に進むことが多い。

普段なら各方面を駆けずり回り、ようやく取れる契約が向こう側から出向いて現れ、あっさりと得られることさえもある。

ところが、低迷の兆しが少しでも見え始めたら危険信号。

それを見逃して、負のスパイラルに一旦でも突入するとそこからなかなか抜け出せない。

めったに起こらないからこそ、奇跡と言うにもかかわらず、奇跡ばかりを頼って、成果がまるで上がらなくなる。

こうなってくると何が良くて、何が悪いのかが解《わか》らなくなり、やること、なすことが裏目に出ることが多くなってしまう。

「いやいや、そうじゃなくってさ！　俺はどうする気かって聞いているんだよ！　大体、謝って済む問題じゃないから！　やる気を見せろって言っているの！　やる気をさ！」

「申し訳ありません」

決して、やる気の問題ではない。

やる気が最初からないのなら、好き好んで休日出勤などするものか。購入したっきりでパッケージも剝がさずに積んだままに放置されているゲームが幾つあると思っているのか。

しかし、それも言うつもりはない。

ただ、ひたすらに今は嵐が過ぎるのを待ち、謝罪をするしか他に術はない。

余談だが、今は槍玉《やりだま》に挙げられて、皆を代表するように怒鳴られている俺にも昔は良い時代があった。

入社から二年目と三年目は正に我が世の春と言うくらい契約がおもしろいように取れて、特に三年目の前期は一万円札が詰まった封筒が縦に直立する金一封までも貰った。

そのころの課長の態度も違った。

いつもニコニコと笑い、まるで菩薩《ぼさつ》のようだったが、今は地獄の閻魔《えんま》。最近、笑ったところを見た記憶がない。

「トントントン！　入っていますか？　もしかして、空っぽですか？　どうするかって聞いてるんだよ！　そんな簡単なことも解らないのか！　……ええっ!?」

「申し訳ありません」

課長が俺の頭をスイカの熟れ具合を確かめるように軽く何度か叩《たた》き、目と鼻の先で唾を飛ばしまくって怒鳴る。

完全なパワハラだが、うちのような企業は社長を筆頭とした絶対王政。上司の文句を表立って言うことは許されない。

そもそも、労働環境に関する不満を挙げたらキリがない。

残業代が働いた分だけ出るとか、有給があるとか、そんなものは有名大企業だけの特権だと社会に出てから知った。

たとえ、風邪を患ったとしても休めない。

風邪で休もうものなら、事あるごとに『俺が若いころは這《は》ってでも出社したものだ』と嫌味を一週間は言われ続けるハメになる。

インフルエンザを患い、医者の診断書を提出して休めたとしても、それは『有給』ではない。

一日分の給料が差し引かれた『欠勤』という文字が給与明細書に刻まれるだけ。有給の消化などあり得ないし、有給の買い取りもうちの会社にとっては都市伝説に過ぎない。

もし、ここで謝罪するのを止めて、『頑張る』や『努力する』などの言葉を口にするとどうなるか。

その答えは『頑張る必要などない。いつもどおりで構わない。それとも、おまえはいつも頑張っていないのか？』だ。努力する、に対する答えも似たようなもの。

結局、どう答えても怒鳴られるだけ。ただただ謝罪するのが唯一残された道なのである。

それに課長も部長に、部長も社長に、社長も株主に怒鳴られているに違いない。そう考えたら、怒るのも仕事、怒られるのも仕事だ。

全く反省しないのも駄目だが、真正面から受け止めるのも駄目。

馬鹿正直に受け止めた結果、心を病んでしまった人が過去に何人もいるのを俺は知っている。

「知っているか？　おまえのような奴《やつ》を給料泥棒って言うんだ！　泥棒だぞ！　泥棒！　やる気がないなら、さっさと辞めろ！　そのほうがせいせいする！」

「申し訳ありません」

課長の死角に立つ営業のイロハを教えてくれた先輩が百面相をして戯《おど》けている。

この緊張感の中、たわいもないソレがどうしようもなくおかしい。尻を抓《つね》って、笑いを懸命に堪える。

きっと元気付けてくれているのだろう。

その優しい心遣いに怒鳴られ続けて苛立《いらだ》つ心が少しだけ軽くなったような気がした。

「……ったく、どんな教育を受けたんだろうな！　親の顔が見てみたいわ！　まあ、おまえのような間抜けを生んだんだ！　どうせ、同じ間抜け面に決まっているけどな！」

しかし、課長が俺の親を馬鹿にして、喉の奥が見えるくらい笑った瞬間。

俺の頭は真っ白に染まった。気づいたときには固く握り締めた拳を思いっきり放ち、課長を見事なくらい吹き飛ばしていた。

「親は関係ねぇ～だろ！　親は！」

「ひぃぃっ!?」

その後の記憶はぼんやりと曖昧にしか残っていない。

幸いにして、すぐさま先輩が俺を取り押さえてくれたため、課長は這いつくばりながらも逃げることに成功。傷害罪の前科だけは危うく免れた。

*

「えっ!?」

悪夢から目が醒めて跳び起きようとするが、上半身が少し跳ねただけ。

それもそのはず、身を起こそうとしても上半身を支えるための両腕が動かないのだからどうしようもない。

その事実に戸惑うが、腹の上に乗っている動かない両腕を見て、現状を理解。寝汗すらも拭えない不自由さに溜息《ためいき》をつく。

「そうか……。そうだったよな」

両腕を拘束する木製の手枷《てかせ》。それは俺の罪の証《あかし》だった。

あのブタ貴族を棒で打ちのめすこと自体は成功したが、たったの一発。すぐに俺は幾人もの兵士たちによって取り押さえられた。

当然、ブタ貴族は怒り狂って、その場で無礼討ちにしてやると剣を抜いて息巻いたが、あのぶくぶくと太った身体《からだ》である。剣を抜くのすら手間取っている最中、領主様が急ぎ駆けつけて、待ったをかけた。

領主様から話を聞くと、俺がおおよそ予想したとおりだった。

ブタ貴族はオーガスタ要塞なる重要拠点を失陥したために国王の不興を買い、領主様預かりの謹慎中の身となっていたが、その窮屈な謹慎生活に嫌気が差して、領主様の留守中に謹慎生活から脱走を試みた。

しかし、国王の不興を買っているため、王都へ無断で帰れず、領主様の領外にも出られない。

領主様は素行の悪さで有名なブタ貴族が自分の目から逃れ、何らかの問題を領内で起こすのではなかろうかと危惧して、すぐにブタ貴族の後を追った。

案の定、ブタ貴族はうちの村で問題を起こす。

それを追跡途中、村長と街道で出会って知り、もう許してはおけないと次の逃亡先であろう別荘へ急いできてみたら、今正にブタ貴族が俺に斬り掛かるところだったらしい。

その結果、俺の処罰を巡り、領主様とブタ貴族の間で言い合いになった。

領主様は我が領民が我が領内で犯した罪は領主である自分だけが裁く権利を有すると言い、ブタ貴族は誰の領民だろうと被害者は自分なのだから自分こそが裁く権利を有すると言って。

領主様は冷静に、ブタ貴族は感情的に、一歩も譲らずに長く言い合っていたが、最終的にブタ貴族が引き下がった。

どうやら、ブタ貴族は問題を起こせない謹慎の身というのもあるが、領主様に苦手意識を持っているようだ。最後のほうは投げやりになっている感があった。

「いっ、せぇ〜〜……。のっと!」

両脚を抱えるように曲げながら丸くなった身体を前後に一回、二回と揺らす。

気合を入れると共に三回目は勢いを付け、息を一気に吐き出しての腹筋大爆発。その場に跳び起きて立ち上がる。

前の世界のだらしない身体ではとても不可能なアクロバティックな起き方。

だが、身体は逞《たくま》しく成長しても精神のほうは残念ながら成長していないらしい。今さっきまで見ていた悪夢がソレを思い知らせてくれた。

諺《ことわざ》に『三つ子の魂、百まで』とあるが、正にそのとおりだ。

今回の一件もそうだが、前の世界でニート生活となるきっかけになった会社を辞めた事情も原因はキレてしまったが故の暴力だった。

「駄目だな。俺って奴は……」

今一度、自分の自由を奪っている手枷を眺めて溜息を深々と漏らしながらうなだれた。

＊

今もなお、無色の騎士の二つ名で讃《たた》えられているニート。

アルビオン帝国史上、臣《おみ》の身でありながら国軍の最高位『大元帥』の栄誉を賜ったのは後にも先にも、彼一人だけである。

その彼が世に知られる前、当時の最下層中の最下層『奴隷』の身分だったのはあまりにも有名である。

帝国の公式記録はこれを否定しているが、ニート自身が出自を隠しておらず、周囲の者が綴《つづ》った語録や日記にそれが残されている。

ところが、彼が何故に奴隷だったかは解らない。

主君であり、莫逆《ばくぎゃく》の友であった帝国初代皇帝のジュリアスにさえ、その理由を決して語らなかったらしい。

奴隷と言っても、ヒトとは何かしらの足跡を必ず残すものだ。

特にニートの場合、後にその名をアルビオン帝国周辺に轟《とどろ》かせることとなり、奴隷時代の確かな証言が一つくらいあってもよいはずが、何もない。

どれも、これもが眉唾もの。確証に足るものはない。

おかげで、ニートの生誕地とされる地が世界の五ヵ所に存在しており、それぞれが我こそは本物と主張して譲らない。

一応、帝国の名簿に出自が記されているが、真っ赤な嘘。

その源を辿《たど》ってゆくと、ニートという人物は何処にも見当たらない。もし、その明確な出自が解れば、それは歴史的な大発見となるだろう。

なぜならば、帝国初代皇帝のジュリアスにも大きく影響を与えたニートの思想は高度で革新的すぎるものが多い。

思想もヒトと同じだ。進歩に至るまでの過程が必ずあるはずだが、アルビオン王国時代のモノをAと例えるなら、アルビオン帝国時代のモノはCとなり、その途中にあるはずのBが何処を探しても見当たらない。

しかし、重ねて言うが進歩に至るまでの過程が必ずあるはずだ。

ジュリアスがニートの影響を受けたなら、ニートも誰かしらの影響を受けており、師と呼ぶべき存在がいたはずなのである。

出自が奴隷という確かな歴史的証拠がありながら、その思想が高度すぎるため、彼を研究する者たちはそれを一度は必ず否定する。

だが、当時の世界を見渡してもニート以上の、あるいはニートに匹敵する思想の主を見つけられず、思考の迷宮を彷徨《さまよ》った末に定説へ戻るか、新説を生み出す。

ジュリアスとの友誼《ゆうぎ》を早い段階で結んでいる点から実は亡国の王子だとか。

金儲《かねもう》けに優れていた点から実は破産して身売りした商人の後継者だとか。

当時の世界より文明、文化が高度に進んだ世界より召喚された者に違いないと突拍子もない与太話を主張する者までいる。

無論、それらすべてが的外れなのは言うまでもない。

ニートは元奴隷、それ以上の明確な出自は発見されていないのだから。

ただ、亡国の王子も、商人の後継者も、異世界からの召喚者も。

そうした出自を空想させてしまうミステリアスさが無色の騎士と呼ばれた彼の魅力を高め、遠い昔の英雄でありながら色褪《いろあ》せずに今も高い人気を誇っているのではないだろうか。

第二話　罰の中に隠された真実

「駄目だな。俺って奴は……」

自分の自由を奪っている手枷を眺めて、溜息を深々と漏らしながらうなだれる。

後悔をしてもしきれない。今頃、コゼットはどうしているのかが気になって仕方がない。

聞けば、あのブタ貴族はなんと公爵家の嫡子。

公爵と言ったら、爵位の最上位。両親のどちらかが元王族であり、それが父親なら臣籍降下、母親なら臣籍降嫁した証《あかし》でもある。

いずれにせよ、この国の王家と血の繋《つな》がりを持っていると知り、驚く以上に戦慄した。

それほどの存在となったら、俺の行為が原因で村に累《るい》が及ぶ大きな可能性が出てきたからだ。

あれほどの無体をエステルに行った暴虐者がその程度のことを躊躇《ためら》うはずがない。

だが、今の俺はただの一罪人。それを知る術はもうなかった。

領外追放、市民権の剝奪、五年間の兵役徴用。これが今の俺に科せられた罰であり、既に住み慣れた村から遠く離れて戻れない。

「いや、おまえは正しいよ」

「えっ!?」

不意に隣から話しかけられ、泣き言を聞かれた恥ずかしさに思わず赤面する。

どうやら、かなり重症だ。落ち込んでいるとは言え、すぐ隣にヒトがいたのを話しかけられるまで気づかないなんて。

「くっくっくっ……」

そんな俺をチラリと窺《うかが》い、三日前に知り合った男が肩を震わせての苦笑を漏らす。

彼の名前は『ヘクター』、赤い髪と垂れ目が特徴的な二十一歳。罪人の俺を戦地まで送り届ける護送役である。

昨日までの三日間、歩きがてらに交わした暇潰しの雑談によると、出身は王都で世襲騎士の家の生まれ。

しかし、三男坊のために家督を継げず、成人後は平民の身分になり、国軍に兵士として所属。今は百兵長の階級にまで出世したとか。

その事実はちょっとした驚きだった。

貴族の家の事情など興味はなかったし、知る由もなかったが、貴族の家に生まれたら誰しも貴族になるとばかり考えていただけに。

しかし、それは複数の爵位を持っているか、新たな爵位の用意ができるか。要するにいろいろな面で余裕を持つ上級貴族だけの話であり、その上級貴族も親の財産を継ぐのは基本的に嫡子のみ。兄弟が多くて、末になるほど財産分与はすべての面で小さくなってゆく。

当然、下級貴族はもっと厳しい。

領地を持たず、役職を持たず、騎士位の世襲だけしか持たない家の嫡子以外はヘクターのように自力で身を立てるしかないらしい。

驚かされたことはまだある。下級貴族の貧しさだ。

ヘクターの家を例に挙げると、国から支給される年金は家族三人が細々と暮らしていける程度でしかない。

だが、先ほどヘクターを三男坊と説明した点で解るだろう。

貴族にとっての最大の義務は家の存続。万が一に備えて、子供を多く儲《もう》ける必要がある。

最低でも二人は必要になり、それも共に男が望ましい。

この時点で既に家計は破綻しているが、ここにこの世界の低い医療レベルが厳しい追い打ちをかけている。

この世界では子供が簡単に死ぬ。とにかく、あっさりと死ぬ。

立って、歩き、喋《しゃべ》るようになり、六歳を数えたところでやっと安心ができる。

実際、うちの村では六歳になるまで子供は村の人口に数えられず、領主様へ届け出の義務がある戸籍にも名前は書かれない。

そのうえ、騎士は戦役をいつ命じられるかが解らず、戦場でいつ散るとも解らない。

子供がもう大丈夫と言えるくらいまでの成長を待っていられない騎士だからこその事情がある。

その結果、下級貴族は子沢山の家が多いのだとか。

ヘクターの家は親兄弟、祖母の八人暮らしで独立するまではいつも腹を空かせていたらしい。

だからこそ、家の当主は役職に何とかありつこうとするが、この世界は身分が世襲なら役職もまた世襲である傾向が強い。

特に貴族社会はソレが顕著であり、研鑽《けんさん》と実績をいくら積もうが、上とのコネがない限りは役職にありつけず、裕福な下級貴族なんて見たことがないと言うのがヘクターの言葉だ。

ここまで聞くと、それほど生活が苦しいのに騎士を辞めないのはなぜか。

そんな疑問が当然のことながら湧くが、それは俺が前の世界を知っているからに他ならない。

この世界に職業選択の自由などありはしない。

職は親から子へと受け継がれるもの。それがこの世界の常識であり、そこから大きく外れることは社会からのドロップアウトを意味する。

例えば、ヘクターの場合、騎士の家だけに親から教えられたのは剣と盾を用いた戦い方のみ。

成人後、農家や商人になるのは厳しい。残された道は兵士か、冒険者のどちらかしかなく、ヘクターが前者を選んだのは収入が比較的に安定しているためだ。

しかし、ヘクターは人生をまだ諦めていない。

可能性は低くても、いつかは剣一本でのし上がってやると熱く語っていた。

そんな事情を知ったせいか、今の状況が心苦しかった。

ヘクターの役目は前述にあるとおり、俺の護送役。この国の東にある『トリオール』という街まで俺を運ぶことである。

その街へ辿《たど》り着《つ》くまで徒歩で約三ヵ月もかかると聞いた。

なら、ヘクターがその街まで俺を送り届けて、領主様の所へ役目を終えたことを告げに戻る日数は往復で約半年になる。

誰かが行わなければならない必要な役目とはいえども、この役目はどう考えても閑職だ。それなりの功績になるのだろうが、俺一人のためだけに約半年もの時間を拘束するのは申し訳なくて仕方がなかった。

「正直、おまえがあのブタを棒でぶちのめしたとき、俺はスカッとしたぜ？」

まだ寝ぼけているか。それとも、誘導尋問か。

ヘクターが前言に重ねて、護送役でありながら罪人たる俺の行為をはっきりと肯定した。

思わず丸くさせた目をパチパチと瞬きさせる。

だが、ヘクターは俺の茫然《ぼうぜん》とした視線など何処吹く風。目の前の石を積み上げて作った即席の竈《かまど》の火加減調整に余念がない。

焼《く》べた枝木がまだ生木なのだろう。竈の中で踊る火が音をパチパチと鳴らして、灰色の煙を朝焼けに染まる空へ立ち上らせてゆく。

しばらくして、俺がうんともすんとも応えられずにいると、ヘクターはおもむろに立ち上がった。

右手でズボンのポケットを探りながら、左手で俺の手枷を持ち、何をするのかと思いきや、いきなり自分の役目を放棄。俺の罪の証である手枷を、取り出した鍵で外した。

「ふぁっ!?」

もはや、目を丸くするどころの騒ぎではない。

ヘクターの正気を疑い、我が目も疑うが、目の前の現実は変わらない。三日間、重さと煩わしさを感じていた手枷がなくなって、両手は軽さと自由を取り戻していた。

しかも、大きな音がボチャン、ボチャンと連続的に近くで鳴り響き、何事かと視線を向けてみれば、外されて二つに分かれた手枷が小川をどんぶらこ、どんぶらこと流れている。

「それより、随分とうなされていたようだけど、大丈夫か？　まあ、気にするなというのも無理だろうが、くよくよするなって……。ほら、これでも飲め。ただのお湯でも身体が温まれば、心も少しは落ち着くだろう」

信じられない光景に茫然の上に茫然を重ねて、口をパクパクと開閉させる。

しかし、その信じられない光景を作った張本人は竈の前に再び腰を下ろすと、竈の上で湯気を盛んに噴いているヤカンからお湯を注ぎ、木製のマグカップを俺へ何事もなかったかのように差し出した。

「あっ!?　ありがとうございます……。……って、いやいや！　そうじゃない、そうじゃない！　あれ、良いんですか！」

釣られてそれを受け取りかけるが、たまらず手枷が流れていった小川の下流を指さして叫ぶ。

だが、ヘクターは腰を上げようとしないばかりか、眉を寄せた不思議そうな顔で俺を眺めること暫《しば》し。目を大きく見開いて、とても珍しいモノを見つけたかのように俺をまじまじと見つめた。

「えっ!?　もしかして……。おまえ、マゾって奴か？」

「はぁ？」

「だって、あんなモノを付けていたら疲れるだけだろ？　それを……」

「違います！　そうじゃなくって！」

ますます訳が解らなかった。

ただ確かなのはここで強く否定しておかないと今後の約三ヵ月に大きな影響を与えそうなことだけだった。

＊

「だからさ、ティミング様は逃げろと言ってるんだよ」

「ええっ!?　そうなんですか？」

黒パンと干し肉の難点は固さだが、それは同時に優れた利点でもある。

固いが故に、何度も何度も噛《か》まなければならず、そうしているうちに腹が膨れるため、一食当たりの量が少しで済む。

それにどちらも軽くて場所を取らず、雑に扱っても問題ない。保存食としても優れており、お世辞にもうまいとは言えない味に目を瞑《つぶ》りさえしたら旅のお供に持ってこいの品である。

そんな顎が疲れる朝食の最中、手枷を外した理由を教えられ、その信じがたい衝撃の真実に思わず食事の手を止める。

「まあ、確かに……。直接、そう言われたわけじゃないが、そうとしか考えられないんだよ。だって、よく考えてもみろよ？　手枷があるからと言って、見張りが一人だったら逃げ放題だと思わないか？　ちょっと隙を見て……。例えば、そうだな。俺が用を足している間に逃げてしまえば、簡単に逃げられるだろ？」

「……ですよね」

「通常、罪人の護送と言ったら、その役目に最低でも正、副の二人。それと補佐が付くもんだ。なぜって、旅をするうえで夜の寝ずの番は絶対に必要だからな。おまえ、俺が寝ている間、変だとは思わなかったのか？」

「いえ、思いました」

だが、干し肉を不味《まず》そうに齧《かじ》るヘクターの裏付けは十分に納得ができるものだった。

それにヘクターが言うとおり、それは俺自身もおかしい、おかしいと何度も感じていた疑問だったというのもある。

そう、ヘクターが寝てしまったら、その間を誰が俺を見張るというのか。

初日の夜、草原のど真ん中で野営となり、ヘクターが『じゃあ、俺は先に寝るから、月が真上にきたら起こしてくれ。そこで交代だ』と告げてきたときは茫然と目が点になった。

一応、手枷は太い紐《ひも》で繋がれ、その先をヘクターが常に持っていたが、そんなモノは寝てしまったら役に立たない。

それに手枷は木製である。時間はかかるだろうが、岩の尖《とが》った面に根気良く擦《こす》り付《つ》けていれば、いつか割れて外れる。

正直に心の内を語ると、この三日間の夜は寝ずの番で焚き火《たび》の炎を守りながら逃亡の誘惑に何度も駆られた。

村へ戻り、コゼットを連れて何処かへ逃げようかとも真剣に考えたが、それを実行したらヘクターは俺を逃した罪でどうなってしまうのか。それが心配でどうしても決断に至れなかった。

もし、ヘクターが嫌な奴だったら、こんな心配はしなかっただろう。

しかし、たった三日間ではあるが道中の暇潰しに会話を重ねた結果、俺たちはウマが妙に合ってしまい、俺はヘクターのことを気に入り始めていた。気のせいでなければ、ヘクターもまた俺のことを気に入ってくれている感がある。

また、それ以上に悩んだのが、他ならぬコゼット自身の幸せだ。

両親を既に亡くしている俺と違って、コゼットは父、母、兄、義姉が健在。領外追放の俺と一緒に逃げるとなったら、家族とはもう二度と会えないことを意味する。

前の世界で一度、この世界で二度。両親と別れる辛《つら》さを痛いほど知っているだけに、それを敢《あ》えて強いるのはどうなのかと考えたら決断に踏み切れなかった。

「だろ？　……と言うか、国を騒がせた大犯罪者か、よっぽどの大貴族ならまだしもだ。平民のおまえ一人だけを遠路遥々《はるばる》と護送するってのがそもそもおかしい。あり得ないと言い換えてもよい。おまえは田舎育ちだから見たことがないかもしれないが、罪人の護送と言ったら、牢《ろう》馬車に座る隙間がないくらい二十人、三十人をぎゅうぎゅう詰めにして運ぶもんさ」

そのうえ、なるほどと納得するしかない根拠が重ねられる。

確かにただの猟師に過ぎない俺を護送する対費用効果がどう考えても釣り合っていない。

今、食べている朝食が正にそうだ。

一日二食として、目的地に着くまでの約三ヵ月分。その他の雑費も合わせたら、塵《ちり》も積もれば何とやらで結構な額になるが、それほどの価値が俺にあるとは思えない。

「だけど、おまえがあのブタをぶちのめした事実は消えない。しかも、あのブタは公爵家の嫡男だ。それなりの罰は必要だし、見せしめも必要になる。でも、まあ……。おまえ、村から出たことが一度もないって言ってたし、この辺りで十分だろ。俺としても、ゴブリンなんかが襲ってきたら面倒だからな。だから、手枷を外したってわけさ」

だが、逃げろと言っても、何処へ行けと言うのか。最も行きたい場所はもう二度と戻れない。

猟師を生業としていたため、何処でも生きていける自信はいくらでもあったが、何処を目指して、何を目標としたら良いのかがさっぱり解らない。

ふと歩いてきた方角を見れば、子供のころから身近に感じていた山々はもう随分と遠ざかって形をすっかり変えている。ここが完全に見知らぬ土地だと思い知らされる。

「それとさっきも言ったが、俺はおまえが間違ったことをしたとは思っていない。間違っているのはあのブタだ。それに話してみて、おまえが悪い奴じゃないってのも解った。逃げようと思えば、いくらでも逃げられたのを逃げなかった点も含めてな」

そんな五里霧中の中、ヘクターが俺を真っ直《ます》ぐに見据えながら断言した。

嬉《うれ》しくて、嬉しくてたまらなかった。決して、自分は間違っていないという自信はあったが、それは誰にも認められず、理解されないモノと思っていたが違った。

「ありがとうございます……」

言葉に詰まり、涙が自然と潤む。

その情けない顔を見られまいと止めていた食事を再開。マグカップのお湯に固い黒パンを一旦浸してから、その不味い味を噛《か》み締《し》める。

平民にとって、貴族は絶対の存在。

それを知っていたつもりだったが、数日前の俺が知る貴族は領主様一人のみであり、領主様がとてもできたヒトだけに認識がまだまだ甘かった。

ヘクターのような平民と触れ合う機会が多い下級貴族は別として、あのブタ貴族のような大貴族は平民を同じ人間同士でありながら下等な別種族のように考えており、平民もまた大貴族を同じ人間同士でありながら上位の別種族のように考えている。

それ故、エステルの身に起こった理不尽な仕打ちですら、村人たちは心を痛めながらも天災にでも遭遇したかのように『災難だったね』の一言で済ませている。

ケビンさんやコゼットでさえも同様だ。同じ貴族の領主様がきっとうまくやってくれるに違いないと他力本願を前提にして、最初から自身での解決を放棄していた。

俺の贔屓目《ひいきめ》もあるだろうが、エステルはコゼットの次に可愛《かわい》い。

最近の成長具合から考えると将来は絶対にボインちゃんとなり、村の男たちを幾人も悩ませる存在になるのは間違いない。

しかし、その数年後にあったはずのエステルの未来を今回の事件が閉ざした。

この先、エステルに恋慕を抱く男は現れても、エステルを嫁にしたいと言ってくる男は残念ながら現れないだろう。

なにしろ、扉が閉まった馬車の中とは言え、ソレは衆人環視の中で行われた。

それも相手は公爵家の嫡子である。順位は低いかもしれないが、この国の王位継承権を持つ者のお手つきと知ったら、誰もが面倒事は避けようと確実に尻込みする。

おまけに、この手の噂《うわさ》は悪事以上に広まるのが早いうえに根付いて消えない。

今、季節は秋の暮れ。冬の蓄えのため、街道の往来が一年で一番多い時期であり、今回の一件は一週間もしたら近隣の村々に伝わり、事件らしい事件がめったにない辺境の土地だけに人々の記憶から十年、二十年と消えず、やがては年頃の女の子を躾《しつ》ける教訓として残り続けるだろう。

だったら、エステルはどうしたら良いのか。

もうこうなったら一家全員で何処かへ引っ越すしかない。

たとえ、今回の一件の噂が届こうが、その噂の詳細は届かないくらい遠くに、あまたの伝言ゲームが重ねられた末にエステルの名前が正確に伝わらないほど遠くにだ。

ただし、一家丸ごとの引っ越しはとても難しい。

まず受け入れ先が必要となるが、田舎では外からの移住が極めて珍事であり、それ自体が詮索を呼ぶため、大きな街へ引っ越す必要がある。

だが、エステルの親父《おやじ》さんは木こり。

大きな街で暮らすとなったら、完全に畑違いの仕事に就かなければならない。そう簡単に新しい職は見つからないはずだ。

それに最大の問題。引っ越しにかかる費用もそうだが、新生活の準備金をどうするか。

村では物々交換が主流で貨幣は補助的な存在であり、現金を蓄える意識が低い。それだけの貯蓄がエステルの家にあるとは思えない。

しかし、それらの問題を丸ごと解決してくれる存在がいる。

それが領主様だ。恐らく、ケビンさんやコゼットが言っていた『領主様がきっとうまくやってくれる』とはこれを指すに違いない。

公爵家の嫡子と対立する道を敢えて選び、俺を領外追放という形で逃がそうと考えてくれた領主様だけに間違いない。領主様は信頼ができる。

ただ、前の世界の価値観が抜けきらない俺である。

どうしても納得ができなかった。それはただの泣き寝入りだと。

「ついでに教えてやると、護送役が俺って言うのもな……。昨日も言ったが、俺は王都育ちだ。つまり、あのブタと一緒におまえの村までやってきた兵士の一人さ。最初は喜んだよ。ようやく巡ってきたチャンスだってな……。でも、俺もおまえと一緒さ。実はおまえの村だけじゃないんだ。あのブタ、王都からティミング領へ来る道中も同じことをやりやがってな。まあ、俺はおまえほど度胸がなかったから殴ったりはしなかったが、ついカッとなってさ。あのブタに意見したら、あっと言う間に冷や飯喰《ぐ》らいだ。謹慎生活から逃げ出したときだって、俺だけが取り残された。珍しく頼まれた用事を済ませて帰ってきてみれば、誰もいないんだぜ？　それはもう驚いたの何のって……」

「ええっ!?　一人もですか？」

「ああ、一人残らずだ……。

ブタの周りでおべっかばかりを並べている騎士たちは違うが、兵士たちは俺の部下だったのにな」

「うわぁ～～……」

「どうやら、あの糞野郎《くそやろう》……。あっ!?　つい、この前まで俺の副官だった奴な。俺が冷や飯喰らいになったのを利用して、あのブタにうまく取り入ったらしい。ティミング様とあの屋敷《やしき》へ駆け付けたとき、ご丁寧にこう言ってくれたよ。隊長、慌てなくても大丈夫ですよ。隊長の仕事はもう何もないんですからね。……ってな」

そして、更に明かされた俺とは別のもう一つの裏事情。

ヘクターは固くて嚙《か》み切《き》れなかった干し肉を焚き火の中へと忌々《いまいま》し気に投げ捨て、その話の途中に短い溜息を何度も挟みながら語った。

なかなか心にくるモノがあった。

返す言葉が見つからず、嘆きの合いの手だけを入れるが、最後はソレすらも入れられずに言葉を完全に失う。

「つまり、今の役目を終えて帰ったところで俺の場所はあってないようなものさ。あのブタの家は腐っても代々が将軍を輩出する家だからな。なあ、信じられるか？　あのブー、ブーと喚《わめ》くだけしか能がなくて、剣を振るのもやっとのブタが将来は将軍になるんだぞ？」

「た、堪《たま》りませんね……」

「堪らないどころの騒ぎじゃない。実際、あのブタが司令官になったおかげで難攻不落とまで呼ばれていたオーガスタ要塞は陥落して、東は大騒ぎ。俺たちが向かっている先もそこだ。まあ、何にせよ。俺は将来の将軍様に睨《にら》まれたんだから、出世の望みは絶たれたも同然さ。ブタの護衛に選ばれたとき、百兵長に出世したが……。今、考えてみると出世の前渡し。ここまで止まりなんだろうな。もしかしたら、どうしようもない最前線行きだってあり得る」

ところが、ヘクターはそれまで暗かった口調を一変。戯《おど》けて肩まで竦《すく》めた。

最悪の未来図を語りながらも妙に明るいヘクターを怪訝《けげん》に思っていると、その理由が笑顔と共に告げられる。

「だから、おまえが逃げるって言うのなら、俺も付き合うぞ？

……と言うか、おまえが逃げたら、俺も帰れなくなるから当然だな」

「えっ!?」

突然の提案に息を呑《の》んで戸惑う。

だが、ヘクターがここまで並べてきた推論はあまりにも符合しすぎている。間違いなく、領主様は俺が逃げるのを望んでいる。

「今、言ったとおり、東は戦争で大混乱中だ。逃げるとなったら西か、南になる。南なら王都を経由する道。西ならヌーヨークの街から船旅だ。俺としては西を勧めるが、おまえはどっちが良い？」

早速、ヘクターは俺がもう逃げるものと決め込んで逃亡先の選択を迫ってくるが、俺はコゼットとの再会をまだ諦めてはいない。

後ろへ戻れない今、前へ進むか、横へ逃げるか、目的地へ辿り着く最も近道はどちらなのか、今すぐの判断はできそうになかった。

第三話　別れと決意

「はっ！」

敵との距離は目測で約十メートル。

行けると判断して、肺に溜《た》め込《こ》んだ空気を一気に爆発。左半身を向けた体勢から踏み込んで跳ぶが、昨夜のにわか雨が草原の大地を緩ませていた。

何たる迂闊《うかつ》。踏み切った力強さに抉《えぐ》られた大地が滑り、思いどおりの距離と速度が得られない。

「ふっ……」

敵が勝ち誇ったかのようにニヤリと笑う。

それまで自然体にダラリと下げていた剣を両手握りの下段に変えたのが見える。

剣を右下から左上へと斬り上げて、俺が突き出そうとしている棒を弾いた後、返す刀で袈裟《けさ》に斬る算段か。

「まだ！」

しかし、そう思いどおりにさせるつもりはない。

刹那、棒を強く握り締めている両手の力を完全なゼロにする。

当然、束縛が解けた棒は前進する勢いに押されて、手の内をすっぽ抜けて突き進み、あと一歩届かなかった間合いが敵の目前で一気に詰まる。

「なっ⁉」

その瞬間、敵が目をこれでもかと見開いて、身体を強張《こわば》らせた。

己の迂闊さに奥の手を明かすことになったが、その顔が見たかった。その隙が欲しかった。

ただし、このままでは生温《なまぬる》い一撃にしかならない。

敵に向けて添えただけの左手の輪を棒の柄尻が通過する直前を狙い、奥歯を食いしばった限界以上の力で握り締める。

「貰った！」

「くうっ⁉」

そして、お互いを弾《はじ》き飛《と》ばそうと激しくぶつかり合う剣と棒。

軍配は俺に上がった。すかさず剣の軌道を修正してきた敵の技量は舌を巻くものだったが、今先ほどの隙が致命的になった。

剣が弾《はじ》かれるカコーンという心地よい音が響き渡り、その弾かれた勢いに圧《お》されて、敵が身体を仰《の》け反《ぞ》らせながら後方へたたらを踏む。

絶好のチャンス到来。

こちらも反動を利用して即座に一歩だけバックステップ。棒を引き戻すと共に手首、腕、肩、腰、脚の全身を捻《ひね》り、渾身《こんしん》の一撃を作った間合いへ突き出す。

だが、何百、何千、何万と繰り返し積み重ねてきた日々の鍛錬の賜物《たまもの》だろう。

敵は体勢を崩しながらも左腕に固定して持つラウンドシールドを反射的に身体の前面へ素早く割り込ませると急所を隠した。

「これで……」

しかし、甘い。そう来ると予想して、俺の狙いは最初からラウンドシールドそのもの。

その中央を棒で突いて、ラウンドシールドを敵の身体に押し付けた後、続けざまにラウンドシールドの縁を下から叩《たた》き上《あ》げる。

「終わりだ！」

もはや、勝敗は決した。

剣と盾、右腕と左腕を外側に連続して弾かれては体勢を完全に崩す他はない。

尻餅をついて無防備になった敵を目がけて、本命の三連撃目を全力全開で解き放つ。

どんな強敵も、どんな種族もそこだけは決して鍛えることができない生物共通の弱点『喉元』を狙って。

「ま、参った……」

「ふぅぅ～～～……」

一拍の間の後、敵『ヘクター』が生唾をゴクリと喉を鳴らして飲み込む。

同時に張り詰めていた緊迫感が緩み、思わず大きく深呼吸を一つ。ヘクターの喉元から棒先を外す。

寸止めルールの試合だったが、実戦さながらの殺気のやり取りを行ったために疲労が著しい。

一瞬、一瞬は長く感じても、たった一分にも満たない試合時間にもかかわらず、毎朝の鍛錬以上に汗を掻《か》き、肩で息をしているのが解る。

やはり森の獣たちとは違う。力や素早さは劣るが、それを補って余るほどの多彩な技を人間は持っている。

それは俺にとって新鮮であり、確かな経験ともなり、この毎朝の鍛錬後に習慣化したヘクターとの試合はやりがいとおもしろさがあった。

「おい、最初のアレは何だ？　いきなり手元で伸びたぞ？　どんなカラクリだ？」

そして、それはヘクターも同じらしい。

早速、尻餅から立ち上がると、決定的な敗因となった初手に関して悔しそうに尋ねてくる。

「ふっ……。それは教えられないな。秘密だ」

「なるほど、秘伝という奴か。なら、仕方がないな」

思わず吹き出しそうになるのを堪えて、不敵にニヤリと笑う。

別に教えたところで不利益はないが、敢えて種明かしはしない。

その理由は簡単だ。そっちのほうが何となく格好良いからだが、ヘクターは剣を鞘《さや》に納めて、何やら一人納得すると、腕を組みながらウンウンと頷《うなず》き始めた。

「さあ、飯にしよう。俺は水を汲《く》んでくるから、そっちを頼む」

「おう、そうだな。解った」

笑いを堪えるのに腹筋と表情筋が痛い。

だが、ヘクターが過大評価している技はまず初見でしか効かず、同じ相手にそう何度も使える技でもないため、奥の手なのは確か。今日からは秘伝の技ということにしておこう。

＊

「なあ、おまえの親父さんの名前。確か、フィートだったよな？」

「んっ⁉　ああ、そうだけど？」

鍋などの旅道具が詰まったリュックの重さが少し煩わしく感じる勾配のきつい峠の上り道。

朝食を食べ終え、歩き出して以来、無口になったヘクターは何かを考え込んでいる様子があり、気を使って放っておいたら唐突な質問。そう言えば、親父の名前を知り合った当初に教えたなと戸惑いながらも頷く。

だが、それに返ってきたヘクターの言葉はますます戸惑うものだった。

「悪いが聞き覚えがまるでないんだよなぁ～～？」

「何、言ってるんだ？　当然だろ？

うちの親父は確かにちょっとは名が知れていたけど、それはうちの村の周辺でだぞ？」

思わず視線を隣へ向けると、ヘクターは右肘を左手で持ちながら顎を支え持ち、納得がいかない表情で首を傾《かし》げていた。

ヘクターと旅を一緒にして、つくづく思い知ったことがある。

俺が住んでいたカンギク村は街道の終点に在る村。その事実とたまに訪れる冒険者たちの口ぶりから、カンギク村が田舎だと知ってはいたが、俺の認識はまだまだ甘かった。

それというのもある街の酒場にて、この国の地図を初めて見る経験があったからだ。

前の世界の地図と比べたら、お粗末が過ぎる子供の落書きのような品で地図と呼ぶのがおこがましいほどだったが、おおよその内容は辛《かろ》うじて読み取れた。

例えるなら、この国は前の世界の漢字『入』の形状をしており、北と東に山脈、西に巨大な湖、南に巨大な森が在る。

俺が住んでいた村は『入』の字の一画目先端。周辺の村々も一括《ひとくく》りにされて、地図には辺境とだけあり、名前すら書かれていなかった。

そんな秘境とも言えるド田舎の村である。

手強《てごわ》い害獣や厄介なモンスターが現れた際、親父は周辺の村々から頼りにされてはいたが、所詮は村の勇者レベル。名声が遥《はる》か遠くの王都まで届いているはずがない。

ところが、ヘクターの奇妙な質問は更に続いた。

「なら、祖父《じい》さんの名前は？　何処の生まれとか、そういうのは聞いていないのか？」

「祖父さんか……。そう言えば、その手の話は一度も聞いたことがないな」

その意図はさっぱり解らなかったが、それは実に興味深い質問だった。

俺がここに存在しているのは親父と母さんが出会ったからであり、その親父と母さんにも父母はいる、あるいはいたはずである。

しかし、親父は話す必要を感じなかったのか、明かすのを避けて話そうとしなかったのか、俺は父方の祖父母に関する話も、母方の祖父母に関する話も聞いた記憶が一度もない。

「おいおい、自分の家だろ？　重要なことじゃないか？」

「そうは言ってもなぁ〜〜？」

そんな俺をヘクターは呆《あき》れるが、旅をする以前の俺は村での生活がすべてだった。

より正確に言うなら、興味も、関心も持っていなかった。たった今、ヘクターから祖父母の存在を問われて、初めて『そう言えば』と考えたほどだ。

第一、両親は各地を転々としていた根無し草の元冒険者。

血統を気にするような家系ではないし、気にしたところで意味がない。我が家は猟師を生業とする家であり、その厳然たる事実は変わりようがなかったのだから。

「親父さん、元冒険者だったんだよな？」

「ああ、それは間違いない。子供のころ、いろいろな街や村を回っていた記憶がある」

「だったら、おまえの家も実は騎士の家系で……。親父さん、俺と同じで次男、三男だったのかもな？」

「ええっ⁉　親父が？　……いや、ないない。絶対にあり得ないよ」

だが、ヘクターはいきなり突拍子もないことを言い出した。

今の旅を始めたころ、ヘクターが貧乏貴族の悲嘆を語り、貧乏貴族の次男、三男は兵士や冒険者になることが多いと教えてくれたが、うちの親父が実は貴族だったなんて過去は絶対にあり得ない。

確かに外面は良くて、若い女性たちに格好良いと評判だったが、その実はヒトの食事中に屁《へ》を平気で放ったうえに臭がる俺をゲラゲラと指さして笑う最悪な奴だった。

その懐かしい記憶を思い出して、引きつらせた顔の前で手を左右に振る。

ところが、ヘクターは自説を諦めようとしない。

口を固く結んで腕を組み、真上の空をしばらく見上げた後、今度は脈絡もなく話題を変えてきた。

「なら、王都の武術大会を知っているか？」

「うん？　……ああ、知ってる。四年に一度あって、凄《すご》いお祭り騒ぎになるんだろ？」

相槌《あいづち》を打って返すが、さすがにそろそろ焦《じ》れてきた。結局のところ、ヘクターは何を言いたいのだろうか。

件《くだん》の武術大会に関しては、村を訪れていた行商人のおっさんから話を何度か聞いたことがある。

四年に一度、王都で大々的に行われる武術大会はこの国の建国以来の伝統で開催数は既に百回を超え、その数を重ねた権威もあって、腕自慢が周辺国からはもちろんのこと、大陸中から集まるとか。

無論、それ以上の見物客とその見物客を目当てに稼ごうとする商人も集まり、この武術大会が行われる前後の王都は人口が爆発的に膨れ上がるため、一ヵ月限りの臨時の街が王都の外に造られてしまうほどらしい。

剣での競い合いをメインとするが、基本的に何でもあり。

槍を使おうが、弓を使おうが、とにかく自由。毒の使用と対戦相手を殺してしまう以外はすべてが許されている。

俺も男であるうえ、今は武術をちょっとは齧《かじ》った身。

一度は見物に行ってみたいと心の片隅に思っていたが、その武術大会が今までの話と何の関係があるのだろうかと考えていたら、驚愕《きょうがく》の事実がヘクターから告げられる。

「だったら、話は早い。その武術大会でな。俺の親父の祖父さんの祖父さんの……。ええっと……。もう一つ、祖父さんだったかな？　親父だったかな？　ともかく、うちのご先祖様が優勝しているんだ。それも六回連続でだぞ？」

「マ、マジか！　ろ、六回連続って、おまえのご先祖様は化け物か！」

もう目が飛び出してしまいそうなくらいの驚愕。

四年に一度の大会で六回連続と言ったら、その王座を二十年間も守った計算となる。

初優勝が二十歳のときと考えても、六連覇したときは四十歳である。それだけで想像を絶する強さが解る。

ヒトの体力と気力が最も充実している時期はやはり十代後半から二十代後半までにかけての十年間だろう。

前の世界では大学一年の必修課目である体育を済ませて以降、スポーツから遠ざかり、社会へ出てからは運動そのものから遠ざかったせいもあって、駅の階段を上り下りするのも一苦労なら、発車寸前の電車へ走っただけで息切れをするのも当たり前。体力と気力が落ちていると自覚する瞬間が多々あった。

反対に言えば、その低下は日々の鍛錬で防げるが、下降線の描きが緩やかになるだけで線の向き
が上向くことはまずない。

それが四十歳になったらなおさらだろうにもかかわらず、名を挙げようとする血気盛んな若者た
ちを退けての優勝である。驚くなと言うのが無理な話。

「ああ、我が家唯一の自慢でな。当時の国王様から『剣聖』の称号と一緒に名剣を下賜されて、今
もその剣を一番上の兄貴が継いでいる。……と言うか、ここが我が家の始まりだ。そのご先祖様も
俺と同じ無役世襲位の三男坊でな。最初の優勝時に世襲位を、次は十騎長を、その次は百騎長を、
その次は国王様の剣術指南役をと、トントン拍子に出世したんだってよ」

ヘクターはご先祖様が自慢であると同時に、その武勲に誇りでもあるのだろう。

俺の絶賛に満面の笑みを浮かべて、その武勲を嬉しそうに意気揚々と語った。

「おおっ……。……って、あれ？ ヘクターの家、無役だったんじゃ？」

だが、すぐに気づく。以前、ヘクターが語ってくれた家の貧しさと過去の栄光があまりに食い違
っているのを。

「そう、自慢は残念ながらここまでなんだ。先祖の恥になるから詳しい話は省くが……。要は世渡
りが下手でな。そのご先祖様以降、武術大会で優勝が一度もできていないって言うのもあってさ。
うちは代を重ねるごと、あれよあれよと没落してな。とうとう、俺の祖父さんの代で世襲位だけが
残ったってわけさ」

それを指摘した途端、ヘクターの口調は一気にトーンダウンした。

この短い説明の中に三度も溜息を混ぜて、最後は肩をガックリと落とす有り様である。

勝手な想像になるが、当時の国王様から『剣聖』の称号を賜るほどだ。

ヘクターのご先祖様は剣の腕のみならず、武人として立派な人格者だったのだろう。

そんなご先祖様を見習い、ヘクターの家系は代々が厳しく躾《しつ》けられ、基本的に一本気な性格だったのではなかろうか。

それが貴族社会では裏目に出た。

目の前のヘクターが正に良い例と言える。普通、公爵家嫡男という身分違いに畏《かしこ》まるはずが怯《ひる》まずに諫言《かんげん》した結果、あのブタ貴族に疎まれて、貧乏くじを引かされるハメになった。

「……で、先祖の恥を晒《さら》してまで俺が何を言いたいかと言えばだ。我が家は没落こそしたが、ご先祖様の剣術だけはちゃんと受け継いでいるんだよ。道場だって、古いボロ小屋だが持っているし、門下生も少ないがいる。当然、俺も子供のころから剣の腕を磨いてきた。兄弟の中では一番強かったし、そこいらの雑魚に負けない自信もあって、百兵長まで出世ができた。ところがだ。武器の違いはあるとは言え、おまえは俺と五分か、それ以上で戦っているんだぞ？　しかも、おまえの話によるとおまえの親父はもっと強いと言う。どう考えても、一代、二代限りのモノとは思えないんだ」

「そう言われてもなぁ～～……」

そして、ここで話が最初と繋がり、ヘクターの意図がようやく解る。

剣自慢のヘクターは今朝の勝負の結果がどうしても悔しくて、俺が親父から教えられた棒術に秘密が何かきっとあるはずだと想像を膨らませていたようだ。

「この際だから、ついでに教えてやる。おまえが使っている技は『棒』じゃない。明らかに『槍』だ。その証拠におまえの構えはどれも常に棒先を相手へ向けていて、突きを主眼に置いている。それは棒の戦い方じゃない。棒は叩くのがメインであって、突くのは手段の一つに過ぎない。そして、槍術《そうじゅつ》を教えるのは騎士の家だ。それも槍となったら、馬か、戦車に乗るような高い身分の家の可能性がある」

「う～～ん……。でも、まあ……。うちのご先祖様はともかくとして、おまえにそう言ってもらえて、自信が少し持てたよ」

ヘクターの推論はなるほどと頷けるものがあった。

その反面、長々と力説してくれたヘクターには申し訳ないが、どうでも良いことだった。

前述したとおり、厳然たる事実は変わりようがない。

ご先祖様がどんなに凄くて偉い人だろうと、俺の親父は元冒険者の猟師であり、俺は元猟師の罪人である。

しかし、ヘクターが誇りに感じている先祖伝来の剣術に俺の棒術が匹敵するという評価は大きな自信に繋がった。

ずっと続くと思っていた日常が突然に壊されて以来、先の見えない明日の暗さに不安を抱えておびえていたが、小さくても明かりが足元に灯《とも》ったような気がした。

「おっ⁉　ついに決めたか？」

「ああ、決めた。俺はこのまま進むよ。あのトリオールに……」

そんな俺の心境を表すかのようにきつかった上り坂が終わり、峠道の頂点に達する。

ここから先は体力的には楽だが、注意が少し必要な下り坂。広い平原が眼下に広がっており、その中心に俺たちが目指していた街『トリオール』の姿が見える。

そう、俺は進むか、逃げるかの選択をヘクターから提示された日以来、今の今までずっと迷って決断を下せずにいた。

せっかく、領主様が粋な取り計らいをしてくれ、どう考えても逃げたほうが上手な生き方と言えたが、ヘクターが教えてくれた戦場の理が俺に選択を迷わせていた。

奴隷であっても武勲を挙げれば、褒美が貰える。

指揮官の目に留まりさえすれば、出世だって望める。

それが上級貴族で気に入られれば、家臣として採用されて、市民権をあっさりと取り戻せる。

そのどれもが奇跡を幾つも重ねた先にある幸運だが、決して閉ざされた道ではない。

市民権を再び得さえしたら、領外追放の身のために定住は二度とできないが、村へ大手を振って帰れる。もう二度と会えないと半ば覚悟していたコゼットとの再会も、その先にある結婚もかなう。

実を言うと、コゼットと新生活を築くなら、ここだとこの旅の道中で決めた街がある。エステルが村にいづらいと言うのなら引き取って、右にコゼットを、左にエステルをはべらしてのウハウハなハーレム生活も悪くない。

だが、奴隷が向かう戦場だ。

兵站《へいたん》を担う後方配置は当然のことながらあり得ず、最前線の激戦区になるだろう。

その地獄で生き残り続けて、更には武勲も挙げる。それが俺にできるのかという不安が自信のなさに繋がっていたが、ヘクターが後押ししてくれた。

もう迷いは何処にもない。

杖《つえ》代わりにして歩いている棒を決意に力強く握り締めながら眼下の街を睨《にら》み付《つ》ける。

「やっぱりか……。なら、俺も戻るとするか。……と言うか、俺だけが逃げたら、サマにならないからな」

「ええっと、その……。ごめん」

その答えを予想していたのか、ヘクターが寂しそうに苦笑を漏らす。

言葉に詰まり、何か返そうとするが、結局は謝罪の言葉しか出てこなかった。

ヘクターは俺が逃亡を選択するのを強く望んでいた。

逃亡後は冒険者を一緒にやらないかと誘い、それを随分と楽しみにしていた。

実際、相性ぴったりのヘクターと一緒に過ごした約三ヵ月の旅はおもしろかった。

盗賊やモンスターに幾度も襲われたが、俺たちの敵ではなかった。道行く商隊や行商人の行き先が同じなら護衛として雇われ、俺たちは冒険者としても十分にやっていけそうな気がした。

しかし、コゼットは幸せにすると自分自身に誓った相手。

その誓いを裏切ることはどうしてもできなかった。裏切ったが最後、その後悔を一生抱えてゆく気がした。

「良いって、良いって……。でも、本当に良いのか？　ここまでの道中、何度も聞いたはずだ。おまえがこれから向かおうとしている戦場は激しさを増して泥沼化しているって噂を」

「もちろんだ。せいぜい用心するさ」

だが、心を自信や希望でいくら塗り固めても、その中心には不安が残る。

ヘクターが口を真一文字に結んだ厳しい表情で再確認を問いてきた噂こそ、その不安の原因になっているものだった。

それは目的地であるトリオールの街へ近づけば近づくほどに、耳へ勝手に入ってきた。

あのブタ貴族が失陥させた『オーガスタ要塞』は俺が考えていた以上に国防の重要拠点だったらしい。

難攻不落とまで呼ばれた要塞を得て、東の国はここぞと勢い付き、本来なら戦略上のタブーのはずの冬に向かった増援を繰り返しては戦線を攻め上げて、俺たちが旅を始めたころは最前線後方基地だったトリオールの街は今や前線基地となっていた。

当然、我が国も黙ってはいられない。

切り取られた国土を奪還するため、徴兵の範囲を拡大。今、増援がトリオールの街へ続々と集結中であり、その街に向かう長い行列が眼下に見える。

つい不安が心に渦巻きかけるが、もう決意した以上は選択を変えない。

ここから街までの距離を考えると、遅くとも今日の夕方には別れが待っている。

もう二度と会えないだろうヘクターに無用な心残りを与えてはならず、笑顔を空元気で返す。

ところが、ヘクターは再会の約束を提案して、右手を差し出してきた。

「解った……。なら、半年だ。半年間、必死に生き延びろ。どの道、俺はあのブタに嫌われている。多分、俺もトンボ帰りでここへ戻ってくるだろう。だから、俺が戻ってくるまで絶対に生き延びろ。おまえの名前を名簿に見つけたら、俺の副官にしてやる。それくらいの権限は持っているし、俺が出世するには有能な副官が必要だからな」

「ヘクター……」

たまらず目が涙に潤む。それを見られまいと天を仰ぐが、溢《あふ》れ出《で》て止まらない涙が次から次へと頬を伝って零《こぼ》れ落《お》ちてゆく。

たった三ヵ月とは言え、寝食と苦楽を共にして、ここまでの長い旅路を歩いてきた。

年上だが、タメ口でよいと言ってくれた。村では同世代がいなかったため、ヘクターはこの世界における俺の初めての男友達と言ってよい。

自分で言うのも恐縮だが、縁と言うか、タイミングに恵まれていたのか、俺は前の世界で友人作りに苦労したことがない。

小学校、中学校、高校、大学を通して、入学してから一ヵ月もすると友人がいつの間にかできていて、体育の組み体操やイベントのグループ作りで悲しい思いをしたことがない。

しかし、高校時代の友人も、大学時代の友人も、進学や就職で疎遠になった。

地元に残った小中学校の友人は変わらずに接してくれたが、それぞれの結婚を機に会う回数が次第に減ってゆき、死ぬ間際は出先で偶然に会う程度となっていた。

もっとも、それらは自分自身の行動の結果に過ぎない。

だが、友好を結んでいる最中でも、ここまで言ってくれる友人が果たしていただろうか。逃げようと思ったら逃げられる戦場へ敢えて飛び込み、一緒に戦ってくれる友人がだ。

「もう一度、言うぞ？　俺が戻ってくるまで絶対に生き延びろ」

「当たり前だ！　死んでたまるものか！」

もう泣き顔を見られるなんて、どうでも良くなった。

親友の顔を心にしっかりと焼き付けるため、ヘクターを真っ直ぐに見据えながら泣き笑い、その差し出された右手を両手で包み握り返した。

幕間《まくあい》　コゼット、寂しさに囚《とら》われて

ニートとヘクターがトリオールの街で別れを惜しんでいるころ。

カンギク村は北風がいよいよ冷たさを増し始め、コゼットはニートがいなくなった寂しさを冬ごもりの忙しさでごまかしていた。

＊

「うん、美味《おい》しい」

冬になったら、一緒に食べよう。

ニートとそう約束したのは春の終わりだったか、夏の始まりだったか。

去年の秋に仕込んだリンゴの蜂蜜漬けが詰まった瓶の封を破り、その中の一つを摘《つま》む。

程良く漬《つ》かった甘みが口の中に広がり、正に食べ頃。これさえ食べれば、どんなに泣いている子供だって満面の笑みを見せるに違いない。

「はぁ……」

ところが、私の口から出てくるのは溜息ばかり。

この家に住んでいる者はもう誰もいない。冬ごもりの準備を行う必要性はなかったが、私は誰も止めようとしないのを理由にして、この家の冬ごもりの準部を少しずつ進めていた。

去年までは私とニート、エステルの三人がわいわいと騒ぎながら行い、それをフィートさんが苦笑を漏らして見守り、たまらず兄さんが遅々として進まない作業に怒って怒鳴るのが毎年恒例の光景だった。

だけど、今年は私一人のみ。

私が口を噤《つぐ》めば、家の中はシーンと静まり返る。何かと騒がしさに満ちていた家がたった一年でこうも変わってしまった。

ニートのお父さん、フィートさんはこの夏に亡くなった。

この村の誰よりも強くて逞《たくま》しく、病になどかかったためしはなかったにもかかわらず、些細《ささい》な切り傷が原因であっけなく逝ってしまった。

ニートはあの事件、エステルを手込めにした貴族様を殴り飛ばした結果、市民権を剥奪されたうえに領外追放刑と五年間の兵役刑に処せられた。

驚くべきことにあの貴族様は公爵家の跡継ぎでこれ以上の減刑はとても無理だったらしい。

エステルは領主様に仕える侍女見習いとして採用され、領主様が居を構えている街へ家族全員で引っ越している。だから、川を挟んでこの家の真向かいにあるエステル一家が住んでいた家も今は空き家である。

あの事件から約三ヵ月。村のみんなは忌まわしい記憶を早く忘れてしまおうと、ニートとエステルの名前そのものが禁句になっている。

また、ニートが領外追放となり、村の猟師がいなくなったため、お父さんは懸命になってニートの後釜を探している。最近は家を留守にすることが多く、帰ってきたと思ったら翌日には出かけるのを繰り返して、兄さんが村を実質的に取り仕切っている。

なにせ、林業を主体とするうちの村は山に近い。

春が来たら、冬眠から醒めた獣たちが山から下りてくるため、猟師が村にいないのは死活問題。

新しいヒトが早く見つかってくれることを願うばかり。

ただ、見つかった場合、この家はどうなるのだろうか。

いや、その答えはとっくに解っている。

領外追放刑となったニートがこの村に戻ってくることは二度とない。

だったら、この家も、あのニートが秘密基地だと誇らし気に言っていた山小屋も新しく来る猟師のものになるだろう。

お父さんも今すぐに使える家と山小屋の提供を条件に新しい猟師を誘っているはずだ。

領主様はニートの行き先を教えてくれなかった。

私たちがことの次第を知ったのはすべてが済んだ後、ニートが何処かの戦場へ向かった後だった。

そのため、どうしたら良いのかが解らない。

それを伝えられたときも驚きばかりが先行して、望んだらニートが隣にいる当たり前の日常が失われたのを実感するまで何日もかかった。

私宛でなくても構わない。なぜ、一言すらも残していってくれなかったのか。

今頃、ニートは何処にいるのだろうか。

もう私のことなど忘れて、新しい場所で新しい暮らしを始めているのだろうか。

最近は『どうして』とそればかり。

突然、いなくなってしまったニートのことばかりを考えている。

「やっぱり、ここにいたか」

「んっ!? 何か用事?」

不意に背後で玄関のドアが開く。

いつの間にか、涙ぐんで詰まってしまった鼻を啜《すす》り、慌てて気持ちを切り替えてから振り向くと兄さんだった。

「ああ、冬の麦の差配がしたい。だから、共同倉庫の目録を見せてもらえるか?」

兄さんは何かを言いたそうに口を動かすが、視線を一瞬だけ落とすと共にそれを飲み込んで少しぎこちない笑顔を作った。

思えば、家族に大きな迷惑をかけている。

私がこんな調子だから家の中の雰囲気にも何処か陰りがあり、前は騒がしかった夕飯も全員があまり喋ろうとしない。

しかし、もう少しだけ今のままでいたい。ニートに縋《すが》っていたい。

村長の娘として、独身のままでいられないのは承知している。

領外追放となった以上、ニートをいくら待っていても無駄なのも承知している。

だけど、今すぐはとても無理だ。いつになるかはまだ解らないが、立ち直れるその日までは今のままでいさせてほしかった。

「うん、解った。この机の上の瓶を棚にしまったら行くから」

「頼む……。できれば、早くしてくれ。今日中に終わらせたいんだ」

だから、今日も兄さんの気遣いに気づかないフリをして笑う。

それに応えて、兄さんはやっぱりぎこちない笑顔で頷くと、足早にそそくさと立ち去った。

その寂しそうな背中で解る。兄さんもまた辛いのだと。

兄さんは私とは正反対にこの家へ近づこうとしない。

今だって、玄関のドアを開けただけ。家の中へ足を一歩も踏み入れていない。

あの日の事件も合わせて、早く忘れようと努力しているのだろう。

義姉《ねえ》さんに窘《たしな》められて止めたようだが、あの日からしばらくの間、兄さんは夜になると一人深酒を重ねて、私同様に『どうして』と愚痴を何度も漏らしていた。

本当に『どうして』と問いたい。

あの事件の夜、私を抱き締めながら『俺は大丈夫だから』と言った言葉は嘘《うそ》だったのか。

どうして、何も言わずにソレを一人で行い、去ってしまったのか。その答えが知りたい。

「嘘つき……」

溜息を漏らして、リンゴの蜂蜜漬けをもう一齧り。

やっぱり美味しい。美味しいけど、涙が零《こぼ》れるのは『どうして』なのだろうか。

＊

「ねぇ、アレって……」

「珍しいな。こんな冬間際に……」

共同倉庫にて、兄さんの仕事を手伝っていると村の入り口に人影が見えた。

毛並みの良い見事な馬が四頭。そのうちの一頭は荷物だけを載せ、馬上に跨《また が》っているのは三人でそれぞれが剣を腰に差している。

冒険者にしては上等な服を着て、贅沢な馬の使い方をしている。多分、貴族様だろう。

三ヵ月が経《た》ったとは言え、エステルの事件はまだまだ記憶に新しい。

兄さんの目配せを受け、冬ごもり用の麦を受け取るために並んでいたお姉さんたちを無言で促して、麦袋が背丈ほど積まれて並んでいる共同倉庫の奥に隠れ潜む。

そのただならぬ雰囲気を感じ取ってか、共同倉庫前の広場で遊んでいた子供たちが自分の家へ急ぎ帰ってゆく。

万が一のときのため、裏口からも逃げられるように鍵を外して、その引き戸を少しだけ開けて驚く。

「えっ!?」

辺りを物珍しそうに見渡しながら村に入ってきた貴族様たちのうち、先頭の一人が小走りで駆け寄ってくる兄さんに気づくと他の二人を促して、なんと全員が一斉に下馬した。

馬から下りる。それは庶民である私たちに敬意を払い、目線を等しくする行為に他ならない。

そのような貴族様は一度も見たことがない。

私たち、平民に理解のある領主様ですら、訪問時は村中央の広場まで馬に乗ったままだ。

「これはこれは、貴族様。我が村に何の御用でしょうか？　今、村長はあいにくと不在にしておりまして、私は息子のケビンと申します」

それを実際に目の当たりにした兄さんはもっと驚いたに違いない。

その証拠に表情は後ろ姿のために見えなかったが、駆け寄る足が一旦止まっている。

「丁寧な挨拶を痛み入る。私はアレキサンドリア大王国に禄《ろく》を食《は》む者。パリス・ナハト・ペリグリー二と申す」

しかし、本当の驚きはここからだった。

名前が三つ、それは貴族様である証《あかし》に他ならない。

ところが、ところが、三人の代表者と思《おぼ》しき三十代後半の男性『パリス』様は名乗りが済むと共に頭を下げ、パリス様の後ろに並ぶ二十代前半の若者二人も頭を揃《そろ》って下げた。

「えっ⁉　……ええっ⁉」

その我が目を疑う光景に息を呑む。

声を潜めなければならない状況と解っていながらも、一緒に隠れているお姉さんたちがざわめき始めるが、それを咎《とが》める余裕はなかった。私自身も驚きで一杯だった。

「そ、それは遠いところから……。さ、さぞや、お疲れでしょう。な、何もない村ではありますが……。ゆ、ゆるりとご休憩をなさってくださいませ」

兄さんに至っては驚愕のあまり後ずさってさえいた。

慌てて頭を何度もパリス様以上に深々と下げているが、それを情けないとは感じない。

なにしろ、貴族様が平民に頭を下げるだけでも驚愕に値する出来事。それがただの挨拶を目的にしているのだからなおさらだ。

あの事件があった後日、領主様は頭を下げて謝罪してくれたが、それは私が村長の娘だからであり、例外中の例外と言ってよい。

実際、その謝罪が行われたのは夜であり、その場は厳重に立ち入りが禁止されて、私と領主様、あとは父さんと兄さんを含めた四人しかいなかった。

エステル本人とエステルのお父さんとお母さんに対する謝罪。それとは別に村のみんなに対する謝罪を行ったのは領主様に仕える従士長さんだ。

即《すなわ》ち、同じ平民の従士長さんが領主様の胸の内を代弁する形で頭を下げている。

「その気持ちは嬉しいが、この辺は雪深いと聞く。用件が済み次第、すぐに立ち去るつもりだ」

「用件……。ですか？」

「約十年前、正確には八年前になるが……。

この村にフィートとエクレアを名乗る男女が冒険者として訪れているはずなのだが、誰か当時を憶《おぼ》えている者はいないだろうか？」

「それなら、私が……。……と言うか、二人はこの村の者です」

「なんとっ⁉」

驚きは更に続き、胸がドキリと跳ねた。

ニートのお父さん、フィートおじさんだけを目的に訪ねてきたのなら理解ができる。

フィートおじさんは近辺の村々で名前が知られた猟師であり、厄介な害獣やモンスターが現れると、その討伐を依頼されることがたまにあった。

だが、ニートのお母さん、エクレアおばさんも目的に訪ねてきたとなったら、これはもう驚くしかない。

なにせ、エクレアおばさんはとても美人で印象的なヒトだったが、うちの村にフィートおじさんと定住を決めた翌年に流行《はや》り病を患ってしまい、そのまま亡くなっている。

それ故、村人の中でさえ、エクレアおばさんをはっきりと憶えている人はとても少ない。

そのエクレアおばさんを訪ねてきたのだから、うちの村に定住する以前のフィートおじさんとエクレアおばさんを知っている可能性が高い。

それなら、ニートの行方に関する手掛かりをもしかしたら持っているかもしれない。

フィートおじさんは息子のニートに自分の生まれ故郷を教えてあり、そこへニートは向かったのかもしれない。

藁《わら》にも縋る思いとはこのことか。とにかく、ニートに関する情報が欲しかった。

そう思ったら興味が湧き、もっと話し声が聞こえるように裏口の引き戸をもう少しだけ開けた。

「パリス様、おめでとうございます！」

「ついに辿り着きましたね！」

「ああ、我々の長い旅が終わる！　ようやく、これで国に帰れるな！」

パリス様たちはフィートおじさんとエクレアおばさんの二人を随分と捜していたようだ。

二人の行方に辿り着いて、これ以上ないくらいに喜び合い、パリス様に至っては涙ぐみ、それを零すまいと天を仰ぎながら感無量といった様子で肩を震わせている。

兄さんはきっと困り果てているに違いない。

二人が既に亡くなっている事実を告げて、その喜びに水を差さなければならないのだから。

「あ、あのぉ～～……」

「おお、勝手に盛り上がってすまない！　ケビン殿、早速だが御二人の元に案内を……」

「お喜びのところを申し訳ありません。フィートおじさんも、エクレアおばさんも、もういません。亡くなっています」

「なっ!?　……い、いつだ？　い、いつ、お亡くなりになられたのだ？」

案の定、それを告げた途端、パリス様たちは態度を激変させた。

表情は喜びから一転、驚愕へと変わり、その真実を受け入れたくないのか、パリス様は首を左右にゆっくりと振った後、兄さんの肩を両手で摑《つか》みながら怒鳴り詰め寄った。

「エクレアおばさんはもう随分と昔です。フィートおじさんは今年の夏に……」

「な、何てことだ……。ま、間に合わなかったのか。わ、私は……。

ご、五年もかけて、このざまとは……。こ、国王様と御館様に何と詫《わ》びたら……」

しかし、兄さんがなおも真実を告げると、パリス様は両膝を落としたうえに両手を大地に突いてうなだれ、涙をポタポタと落とし始める。

それは見るからに深い絶望を感じさせる姿であり、お供の貴族様二人もまたうなだれながら肩を震わせて泣いていた。

大の男が、それも貴族様が人目を憚《はばか》らず、ここまで泣く理由は何なのだろうか。

その理由がパリス様の言葉の中にあると気づいた。それは私にとって聞き捨てならない激しく動揺を誘うものだった。

五年という長い年月をかけての人捜し。

しかも、その捜索に一国の王様と御館様なる大貴族様が関わっているらしき事実。

それに加えて、最初は隠していたが、フィートおじさんとエクレアおばさんの二人を明らかに敬ったパリス様の言葉遣い。

その三つのヒントから、まさかという考えが頭をよぎる。

他のヒトにも聞こえているのではないだろうかと思うくらいに胸が早鐘を強く打ち始め、それと相まった嫌な予感が胸を苦しくさせる。

「なら、ニート様は！　ニート様はご無事か！」

そして、この村では今や禁句となった名前がパリス様の慟哭《どうこく》と共に轟く。

今、確かに言った。聞き耳を立てずとも私の耳に二度もしっかりと聞こえた。

貴族たるパリス様が平民の、うちの村の猟師だったニートに『様』の敬称を付けて呼んだ。

もはや、そうとしか考えられない。

私の推測が正しいのなら、ニートは何処かの貴族様の血統に連なる者。

それも一国の王様が捜索を命じて、五年もの長い年月をかけてまで捜すとなったら、よっぽど高位の貴族様ではなかろうか。

苦労を重ねた平民の娘が王子様や大貴族様と結ばれて幸せな生涯を送る。

そういったお伽噺《とぎばなし》や吟遊詩人の歌は多いが、そんな現実は絶対にあり得ない。

幼いころ、そんな未来を夢見て、胸をときめかせたこともあったが、もう今は現実を知っている。

だからこそ、神様が私へこう告げているように思えた。

私が抱いている想《おも》いは元から道ならぬもの。最初から結ばれるはずがないニートのことは早々に諦めて、身分相応の男の元に嫁げと。

思わず両拳を握り締めて、下唇を噛みながら心のざわめきに耐える。

「教えてください！　ニートは！」

だが、駄目だった。我慢すればするほどに、心のざわめきは大きくなっていても立ってもいられなくなり、裏口の引き戸を勢い良く開け放つと、まだ自分の推測でしかないソレを違うと言ってほしくて、気づいたら全力で駆け出していた。

「うっ……」

ところが、十歩を数える前に足が蹌踉《よろ》めいてしまう。

ここ最近、悩んでいる眩暈《めまい》を感じて走るどころか、立っているのすらままならなくなり、その場に右、左と膝を立て続けに落とした末に四《よ》つん這《ば》いとなる。

挙げ句の果て、早鐘を打っていた鼓動がますます早さを増して、その勢いに圧《お》されてか、激しい嘔吐《おうと》感が襲ってきた。

慌てて口を右手で塞ぐが時既に遅し。

今朝、食べたモノが次々と込み上げて、口を塞いだ右手の隙間から漏れて溢《あふ》れる。

「コゼットっ⁉」

「コゼットちゃんっ⁉」

慌てて兄さんと隠れていたお姉さんたちが私の元へ駆け寄ってくる。

そのうちの誰かに背中を撫《な》でられながらも更にえずく。もう出てくるモノは何もないが、吐き気が止まらない。

「大丈夫かね？」

「申し訳ございません！　このようなお見苦しいところをお見せしてしまい！」

貴族様を前にして、とんでもない失態を犯してしまった。

吐き気の苦しさもあるが、兄さんに恥をかかせてしまった申し訳なさに顔が上げられない。

「おい、水を……」

「とんでもございません！　貴族様のお手を煩わせるような真似《まね》は！」

「何を言っている。こんなときに身分など関係ないだろ」

幸いにして、パリス様は領主様のように優しい貴族様らしい。

まずは一安心するが、私自身も謝罪をしなければならないのは変わらない。

目の前に差し出された水筒を受け取り、それに口を付ける前に謝罪と感謝をパリス様に告げようとしたそのときだった。

「ねえ、コゼットちゃん。間違っていたら、ごめんなさいね？　最近、あなたを見ていて感じるのだけど……。もしかしたら、妊娠したんじゃないかしら？」

「へっ⁉」

背中を撫でてくれていたお姉さんがとんでもないことを言い出した。

おかげで、パリス様への謝罪と感謝の言葉も、激しかった吐き気も驚きのあまり飲み込み、茫然と目が点になった顔をお姉さんに振り向ける。

「そう言えば、身体が怠《だる》くて眩暈がするって、さっき言ってたわね」

「そうね。言われてみると……。最近、ふっくらしてきた気がするわ」

「なら、胸はどう？　張っているような感じはする？」

たちまち他のお姉さんたちも続々と追従して頷き合い、その具体的な兆候を示してきた。

全員、ここ三年以内に出産の経験があり、記憶が新しいこともあって、何かを感じるものがあるのかもしれない。

「……します。実はちょっと痛いです」

まさかと思いながらも思い当たる節に愕然《がくぜん》とする。

それこそ、最たる兆候である月のモノ。それが三ヵ月にわたって訪れていない。

あの事件の三日前、憂鬱な辛い数日が終わり、これでニートとの『ウフフ』が解禁。それを期待して、山小屋へスキップして浮かれながら向かったからよく憶えている。

無論、自分自身の身体のことだ。月のモノが途絶えていたのは自覚していたが、ただ遅れているだけだと考えていた。

この夏、フィートおじさんが亡くなったときも随分と遅れて不安になり、母さんにたまらず相談したら『親しい人が亡くなったりするとそのショックで遅れることがある』と聞かされていた経験から、あの事件とニートがいなくなった二つの出来事が影響しているに違いないと考えていた。

それに私も、ニートも、フィートおじさんが亡くなった哀《かな》しみを埋めるようにお互いが『ウフフ』にすっかりハマりきり、暇があったらソレばかりをするようになって、兄さんから目に余ると叱られるほどだったが、私たちは正式に婚約を交わす前の関係。避妊だけは常に気をつけていた。

そんな事情から『ウフフ』の最後は『絶対に……』だったため、それを常に意識しなければならないニートは完全な没頭感と満足感を得られず、いつもちょっと物足りなさそうにしていたが、この点に関しては理解も示してくれたし、我慢もしてくれていた。

「あっ!?　まさか、あのときの……」

それがなぜと思う一方、記憶を掘り起こそうとして、すぐに心当たりを見つけた。

あの事件が起こった夜、最後に抱かれた夜だけが違った。あの夜のニートは正に獣だった。

やり場のない怒りをぶつけるように私を荒々しく抱き、その怒りを私の中に何度も、何度も解き放ちながらも休むことを知らず、それを私がついに意識を失うまで重ねた。

目をこれ以上ないくらいに見開いて息を呑む。

もしや、そのときにだろうか。

いや、そうとしか考えられず、顔から血の気が引いてゆくのを感じる。

「コゼット、そうなのか！　本当に妊娠しているのか！」

「うっ……」

肩をしたたかに摑まれて、上半身を強引に上げさせられると、目の前で血相を変えた兄さんが唾を飛ばして怒鳴っていた。

だが、眩暈はますますひどくなる一方で視界が歪《ゆが》んで答える余裕を持てない。

「大変！　誰か、イルマさんをすぐに呼んできて！」

「おい、コゼット！　ちゃんと答えないか！」

「ケビン殿、落ち着け。どんな事情があろうと妊婦は丁寧に扱うものだぞ？」

自分を気遣ってくれていると解っていながらも周囲の騒がしさを煩わしく感じてしまう気分の悪さの中、ぶり返した吐き気を懸命に堪える。

予定どおりなら、今出かけているお父さんは今日の夕方に帰ってくる。

当然、今夜は今以上の大騒ぎになり、お父さんと兄さんはカンカンになって怒るに違いない。

結婚式を挙げる前に子供ができるなんて恥以外の何ものでもないうえ、その父親は市民権を剝奪されて領外追放の身なのだから当然だ。

それにこれで私を嫁にと申し込む者はいなくなった。完全に我が家の厄介者確定である。

しかし、私は嬉しかった。嬉しくて、嬉しくて仕方がなかった。

唐突に断ち切られたはずのニートとの縁が実は私自身の中に息づいて繋がっていたのを知って。

「ああ、そっか……。ここにいたんだね」

寂しくないと言ったら嘘になるが、この温《ぬく》もりがあるなら私はきっと頑張れる。歪んでいた視界が暗くなってくるのを感じながらお腹《なか》に両手をそっと置いた。

第四話　いきなりの初陣

「はぁ……。はぁ……。はぁ……。はぁ……」

トリオールの街へ到着するや否や、手続きもそこそこに重い補給物資を背負わされ、ほぼ昼夜を問わずに歩き続けること、三日間。

疲労困憊《ひろうこんぱい》に自然と下がっていた顔をふと上げると、前方に目的地と思《おぼ》しき最前線基地がようやく見えてきたが、歓声は一つもあがらない。前後左右、誰もが視線を伏せながら荒い息遣いでただただ歩いている。

「はぁ……。はぁ……。はぁ……。はぁ……」

ここまでの道中、幾人もが歩みを止め、そのすべてがそのまま捨て置かれてきた。

昨夜に至っては無茶の極み。強い雨の中を夜通しで歩かされてパンツまでぐっしょりと濡《ぬ》れ、寒さと眠気が容赦なく体力を奪って本気で死ぬかと思った。

ヘクターと別れる前は武勲を何が何でも挙げてやるぞと意気込んでいたが、あまりに疲労困憊が過ぎて、業火のごとく燃やしていた野心も今はちょろちょろと燻《くすぶ》って鎮火ぎみである。

俺たちを引率する指揮官は思い出したように『前へ進め』としか言わない。

「はぁ……。はぁ……。はぁ……。はぁ……」

当初は二百人以上がいたはずのこの奴隷隊は今や七割程度しかおらず、昨日の夕方まで俺の隣を歩いていた男もいつの間にかいなくなっていた。

トリオールの街でのおざなりな手続きと言い、この強行が過ぎる進軍と言い、どうやら戦況はかなり良くないと予想される。

事実、三つの村が道中に在ったが、最前線の敗北を予想してか、二つは野戦陣地化され、一つは敵の利用を防ぐために廃墟《はいきょ》と化して、いずれも村人らしきヒトたちは一人も見なかった。

「ほら、もう一踏ん張りだ！　前へ進め！」

俺たち同様に歩いてはいるが、その背中に荷物を背負っていない指揮官の発破がけ。

思わず唾を吐きたい衝動に駆られるが、その唾すら口の中にない。腰に下げた水筒はとっくに空っぽで喉がカラカラに渇ききり、呼吸が荒いために喉が痛い。

「はぁ……。はぁ……。はぁ……。はぁ……」

最前線基地へ着いたら、水が飲めるはず。ただただ、その一心で足を前に運ぶ。

＊

「次、百八十八番！」

見るからに乾ききっていない丸太で作られた馬防柵が並ぶ最前線基地。

俺たちは入隊の手続きを行うため、出入り口の端へ集められて、自分に与えられた番号を呼ばれるのを待っていた。

今、俺たちは奴隷隊と一括りにされているが、奴隷は三種類に分類される。

その違いで俺のように希望を持てる者もいれば、希望すら持てない者もおり、背負っている絶望の度合いが違う。

一つは戦争奴隷。俺と同様に罪を犯した結果として戦役を強いられている者。

山賊団や盗賊団の元手下、敵対国の捕虜がほとんどであり、この奴隷隊では全体の三割程度がそれに当たる。

どいつも、こいつも、この場所にいるのが不服そうに不貞腐《ふてくさ》れているために一目で解る。言い換えるなら、絶望はまだしていない。

一つは身売り奴隷。多額の金銭が何らかの理由で必要となり、その身と引き換えに奴隷となった者。

これが奴隷隊の大半を占めており、年齢層は幅広くてばらばら。十代前半の少年もいれば、初老の域に達した男性もいる。

恐らく、奴隷商人に一山いくらで売られたのだろう。

そのほとんどが痩せ細っており、本当に戦争で役に立つのかと首を傾げるほど。一様にうなだれて覇気もない。

戦役期間が定められておらず、身分を買い戻さない限りは奴隷であり、東の国との戦争が終結したとしても次は過酷な鉱山労働が待っており、その絶望度は高い。

一つは亜人奴隷。ヒトと酷似した種族でありながらヒトに非《あら》ずとされ、生まれながらにして奴隷の身分を背負った者。

どうして、彼らは奴隷なのか、その理由は解らない。

大昔から、この国のみならず、俺たちが住まう大陸全土でそう定められ、ヒトが持たないその特化した能力故に高値で取り引きされている。

例えば、ヒトより身体能力に優れる獣人は戦争や重労働の奴隷として、容姿に極めて優れるエルフは性奴隷として、元々が洞窟暮らしで夜目が利くドワーフは鉱山奴隷として、歴史の裏方をずっと担ってきた。

それ故、彼らはヒトに見つかることを恐れて、魔物たちが住まう領域である森の奥深くに隠れ住んで姿を現さない。

捕まったが最後、最低限のヒト扱いは受けられる前者二つと違い、問答無用のモノ扱いの奴隷となり、それが子々孫々にわたって続く絶望は計り知れない。

体毛に覆われた尖った耳、頬に針金のような髯《ひげ》が数本、種族の特徴を表す尻尾。

恐らく、犬族と思われる若者が五人。やはり辛い人生を歩んできたのか、その視線は伏せられてこそいないが、何処か遠くを見つめており、こんな場所に来ることとなった人生を達観しているように見える。

目が届く範囲を見渡してみるが、昨日知り合った猫族の彼の姿は何処にも見当たらない。

夕飯に支給された黒パンが腐っていたらしく、ひどい腹痛に腹を抱えて苦しんでいたが、昨夜の強行軍中は立ち止まることも、列を離れることも許されず、歩きながら大便を漏らし放題になっている姿を見かね、たまたま足元に生えていた腹痛の薬草を渡したが駄目だったか。

会話を無駄に交わしていると監視員から怒鳴り声よりも先に拳が飛ぶため、一言、二言を交わした程度の縁でしかない。

だが、誰にも知られずに息絶え、その冥福を祈ってもらえないのはあまりに寂しい。黙禱《もくとう》を歩いてきた方向へ捧《ささ》げる。

「次、百九十一番！」

さて、俺はと言ったら、水を飲んだら現金なもので人心地がついた。

今、そうしていたように周囲を観察する余裕が出てきたばかりか、不謹慎ながらも心をワクワクと躍らせていた。

なにしろ、ここは本物の野戦陣地である。

前の世界での大学時代『戦史研究会』なるサークルに所属していた者としてはどうしても興奮するしかない。

このサークル、名前は仰々しく聞こえるが、その実は戦国時代好きや三国志好きが主に集まった温《ぬる》いサークルである。

部屋確保の実績作りのため、たまに議論を交わすことはあったが、研究の趣旨は薄くて、議論というよりは駄弁《だべ》るといった感じ。

普段は知る人ぞ知る『ウォーゲーム』なる駒と戦場盤、サイコロを用いたアナログなシミュレーションゲームに興じ、誰がサークル内で最も強いかの番付を競い合っていた。

そんな素人目から見て、ここの野戦陣地はなかなかのモノと言えるのではなかろうか。

トリオールの街を出発して以来、森が常に北と南に在り、その合間の草原を街道が東西に伸びていたが、ここの合間は特に狭くて細い。敵の侵攻を防ごうとするならもってこいの場所だ。

そのうえ、先ほど聞いた話によれば、陣頭の行く手を川が横切っているらしい。

なら、これは背水の陣ならぬ、前水の陣である。敵の勢いを陣頭前で防ぎ、川を主戦場に乱戦となれば、返す刀で逆撃もできる。

いや、ここでの戦略目的は敵の足止め。逆撃を仕掛ける必要はない。

俺の勝手な想像だが、トリオールからここまでの道中の様子から推測すると、俺たちのような急遽《きゅうきょ》集められた寄せ集めの軍ではなく、王都から派遣される正規軍の到着を待つことが最優先されているはずである。

どんな最悪の戦場が待ち構えているかと戦々恐々の思いでいたが、ラッキーかもしれない。

遅滞戦を目的とした撤退戦なら激戦にはなりにくい。うまく立ち回りさえしたら生き延びることは十分に可能だ。

難点を挙げるとするなら、北と南の森は地の利であると同時に弱点でもあり、敵が伏兵を潜ませるには絶好の場所という点か。

この陣は前方へ対してはとても堅牢《けんろう》だが、それ以外の方向に対してはほぼ無防備。敵が奇襲を企《たくら》み、森を利用して忍び寄られたら後背すらも簡単に取られてしまう。

しかし、その心配はないだろう。

細長い陣の中程に森の木々より高く、ここからでも見上げるほどの物見櫓《やぐら》が三つも横に並んで建てられており、その三つの目が敵を監視している。敵は森を渡る以前に川を渡る時点で発見されるに違いない。

夜の心配も無用だ。今は季節的に川の水嵩《みずかさ》は減っているが、この辺りは雪解け水が豊富なのだろう。ここまでの道中にあった二つの川はどちらも河原が広かった。

ただでさえ、数百人単位で行軍するとなったら、いくら慎重に行動しようと音はする。まして、寝静まった夜に河原を踏む砂利の音は目立ちすぎる。

そもそも、明日を勝つために今日の負けを認めて、これほど優れた戦略図を描ける策士がこの難点を承知していないはずがない。

森へ斥候を幾人も放ち、十重二十重の発見網を隙間なく張り巡らせて、敵の奇襲に対する備えを抜かりなく行っているに違いない。

もう一つの難点は川を渡った先に築かれた敵陣。

ここからでも少し見上げるほどの小高い丘の斜面に在るため、こちらの様子が手に取るように丸分かりで、高所を取られている心理的な圧迫感もある。

だが、重ねて言うが、こちらの策士は明日を勝つために今日の負けを認められる人物。

高所から見下ろされたところで屁《へ》とも思わず、こちらの様子が丸分かりなのを逆に利用して、陣内の動きに緩急を付けるなどの心理戦を仕掛けることくらい行っていそうだ。

結論を言うと、この戦場は戦術面においての戦いが既に終わっている。戦略面での変化か、よっぽどの奇策が成功しない限り、お互いに攻めたほうが負けという千日手《せんにちて》の状況にある。

それに冬が目の前に迫っている。越冬を見越した作戦が決行されているのだから、この辺りはそう雪深くはないのだろうが、テント暮らしの越冬は辛いに決まっている。

敵が目の前にいるため、陣を解くことはできないが、士気は寒くなるほどに、雪が降る日が続くほどに自然と鈍ってゆき、戦いを仕掛ける以前の問題になる。

いわゆる、冬将軍と呼ばれるどんな名将も勝つことが絶対にできない無敵の存在によって、そのまま春まで膠着《こうちゃく》状態が続く可能性は非常に高い。

そう、これらの絵図を描いた策士の思惑どおりに。

恐らく、春ごろに王都からの援軍がトリオールの街へ到着。そこからが本番であり、オーガスタ要塞の奪還作戦が決行されるのだろう。

もう『かも』を抜いて、俺はラッキーだと断言する。

ヘクターが絶対に生き延びろと言った約半年には届かないが、四ヵ月か、五ヵ月は寒さに耐えるだけで確実に生き残れるはずだ。

「次、二百十番！　二百十番、いないのか！」

「あっ!?　……はい！　います、います！　ここにいます！」

暇も手伝って、長々と考えに没頭していたら、自分の番号がいつの間にか呼ばれていた。

慌てて右手を挙げながら返事をして立ち上がり、面接官の元へ駆ける。前の世界のときから十四年ぶりとなる面接審査にちょっと緊張する。

「カンギク村？　聞いたことがないな？　んっ⁉　手の印はどうした？　押してないじゃないか？」

昨夜の土砂降りが嘘のように晴れ渡った青空の下、面接官がボードを首からかけた紐と腹で支え持って、そのうえで名簿作りに羽根ペンを走らす。

これで俺もいよいよ兵士かと思いきや、面接官の手がふと止まる。

提出した入隊届を確認した後に俺の両手を注視。そのどちらかにあるはずの印が付けられていないのを怪訝そうに尋ねてきた。

「はい……。実はその……。トリオールでその予定だったんですが、街へ着いた直後、ここへすぐに送られまして……」

やっぱり気づいてしまったかと苦笑いを浮かべる。

実を言うと、今の俺は奴隷でありながら焼き印を押されて利き手の右手に付けられているはずの奴隷印がなかった。

なぜならば、焼き印を行う予定だったトリオールの街の徴兵受付所はてんやわんやの大忙し。入隊届の書類を持っていくなり、それを引ったくるように取った担当職員は許可印を叩き押しながら『すぐに次の戦地行きの一団が出発するから、さっさと行け！』と怒鳴って、焼き印作業の手間を惜しんだからである。

俺にとって、それはラッキーな出来事だった。

焼き印なんて拷問としか考えられない。どれほどの痛みなのか、それを考えただけでも身震いがする。

挙げ句の果て、奴隷の焼き印を付けられるのは利き手という目立つ場所。

何をするにしても常にソレを目にしなければならず、奴隷と蔑む他人の目が怖かった。

このまま気づかれずに済んでほしかったが、さすがに甘かったようだ。溜息を漏らして、覚悟を決める。

「そっか……。なら、得したな。だけど、入隊届は奴隷のものになっている。だから、その事実は変わらない。良いな？」

「えっ⁉　あっ⁉　……は、はい！」

しかし、面接官にとって、奴隷印はあまり重要でないらしい。

あっさりと流してしまい、覚悟を決めただけに拍子抜けして戸惑い、思わず返事が遅れたうえに声が裏返る。

もっとも、ここは目の前の敵と睨《にら》み合《あ》っている最前線。

今日か、明日の命かもしれない相手に焼き印をわざわざ行うのは無駄な手間かもしれない。

それにしても、奴隷はきつく当たられるとばかり考えていたが、この意外なフレンドリーさにちょっと驚く。

いわゆる、これが前の世界の漫画やアニメ、映画の軍隊でよく描かれていた同じ釜の飯を食べて、生死を共にする仲間同士の連帯感だろうか。

それとも、この面接官だけが特別なのか。

入り口では優しくしておいて、実際は中へ入ったら鬼軍曹化してガブリと来るのか。

「じゃあ、次だ。棍棒《こんぼう》、棒、弓、この三つの中でどれが使える？」

「弓が使えます。村では猟師をやっていました」

しかし、そんな疑問にかまけている暇はない。

ここでの選択肢次第によって、生存率が大きく違う。言うまでもなく、俺が最も得意としている武器は棒だが、ここは敢えて弓を選択する。

これはヘクターから助言があった。

武勲は得がたくなるかもしれないが、弓という武器の性質上、その配置は自然と後方になるため、無茶な露払いに参加させられる可能性はぐっと低くなるらしい。

余談だが、この世界において、鉄は高級品。鋼鉄は超高級品である。

ナイフや包丁、ハサミなどのような小道具ならまだしも、剣や槍は庶民の手に届く品ではない。

そのため、戦争では誰もが剣や槍を振り回しているイメージがあったが実際は違う。

大半はソレに代わる棍棒、棒が主流の武器であり、剣や槍を所持しているのは騎士と戦いを生業として戦争に参加している傭兵《ようへい》くらい。

全身が鉄、または鋼鉄のプレートメイルとなったら、大貴族にのみ許された贅沢品の極み。

ヘクターのような下級貴族は先祖伝来のチェーンメイルか、レザーアーマーがやっと。庶民の防具と言ったら、せいぜい自作の木の盾を持つのが精一杯。

それだけに武勲とイコールで結ばれる貴族は戦場で一目瞭然だが、剣や槍の前に生身を晒さなければならないのだから、弓の部隊に比べたら、棍棒や棒の部隊は格段に死にやすいと言える。

「ほう、猟師か。だったら、テストだ。

矢は五本、あの並んだ的に三本当てたら合格。駄目な場合は棍棒か、棒を選んでもらう」

「解りました」

当然、それは利口な奴ならちょっと考えただけで解る。

だから、弓を希望した場合、こう言ったテストが必ずあるとヘクターは語っていた。

なるほどと納得である。棍棒や棒は習練を積まずとも感覚的に使えるが、弓は違う。

弓は修練が絶対に必要であり、大抵は一射しただけで経験者か、そうでないかの見分けは簡単に付く。

幸いにして、台の上に用意されている弓は使い慣れ親しんだ短弓だ。

矢を番《つが》える前に弦を二度、三度と引っ張って、その張りを確かめてみると、日頃の狩りに使っていた品より幾分か弱い。

弓のしなりもイマイチでお世辞にも良い弓とは言えないが、軍隊で支給される弓はこんなものかと納得して頷き、第一射目を宣言する。

「一本目、行きます」

まずは気楽に試射。風を肌で感じて、このくらいかなと弦を適当に引いて放つ。

弦の震える音と共に矢が風切る音を鳴らしながら山なりに飛び、試射のつもりが面接官が指さした三十メートルほど先にある目標の人間大の藁束へ突き刺さる。

「おお！　一発目からとはやるじゃないか！　なら、次は今当てた左の的を狙ってくれ！　次も期待しているぞ！」

面接官が歓声をあげるが、猟師としては不満があった。

矢の速度が温すぎる。今の程度では矢が獲物へ当たったとしても深く突き刺さらず、致命傷を与えるのは難しい。

それと生意気に聞こえるかもしれないが、あの的は止まった的だ。

獲物の行く先を予想して偏差撃ちが当たり前の猟師としては当たって当然。これくらいできなくては生きていけないと言うか、猟師は名乗れない。

ただ、面接官の喝采《かっさい》ぶりも何となく解る。

軍隊における弓の役割は面制圧であり、何百人もが弓を一斉に射るため、ある程度の狙いが定まっていたら十分だが、猟師は獲物と一対一の戦いで一点を狙う。この辺りの感覚の違いだろう。

「二本目、行きます」

弦を引いて、二射目を宣言する。

ただし、今度は手の甲を上に突き出した腕を発射台に見立て、その上に弓を寝かせて構える。

風は読みきった。山なりの軌道を描かせるのではなく、矢を真っ直ぐに飛ばすのと弓自体の限界性能を測るため、弦を目一杯ギリギリまで引っ張り、弓がしなりにしなった負荷に音をミシミシと立てる。

「お、おい……。だ、大丈夫か？」

その音に焦ったのか、面接官が心配そうに尋ねてくるが無視して集中を続ける。

やがて、集中が深まると共に視界がゆっくりと絞られてゆき、矢先と目標だけが自分の世界になったそのときだった。

「えっ⁉」

何処からか、誰かに見られているような感覚が肌を突き刺し、それが集中をとぎれさせる原因となって、弦を引き止めていた右の人差し指が思わず外れる。

その瞬間、先ほどとは比べものにならない凄《すさ》まじい風切り音を鳴らして真っ直ぐに飛んでいった矢は、目標の藁束右上を掠《かす》めながらもその部分を抉《えぐ》り抜いて、藁屑《わらくず》を周囲に撒《ま》き散《ち》らした。

「凄いじゃないか！　もし、真ん中に当たっていたら、どうなっていたんだ？」

目標へ当たりこそしなかったが、その威力を目の当たりにして、面接官は目を輝かせまくりの拍手喝采の大興奮。

まだ番号を呼ばれずに出番を待っている奴隷隊の面々までもが手を叩き、溢れ返る拍手の嵐に顔を照れ臭さに紅《あか》く染めながらも集中をとぎれさせた原因が気になって辺りをキョロキョロと見渡す。

「いや、それよりも……。今、何かが……。そう、変な音が聞こえませんでしたか？」

「変な音？　……いいや、何も聞こえないぞ？」

「あれぇ～？」

ところが、面接官も一緒になって辺りを見渡すが、異変は何処にも見つからない。

納得が今ひとつできずに首を傾げながらも『これだけ人がいるのだから』と自分自身を無理やりに納得させる。

実際、この最前線の陣には幾人のヒトが集っているのだろうか。

重なり合う幕舎で先が見えない。万はいかないにしろ、五千人は優に超えている。

総人口が二百人ちょっとの村で育った身としては、そのヒトの多さに酔ってしまいそうになる。

「三本目……。行きます」

「どうせなら、今のでやってくれ！　掠ってアレなら、当たったらどうなるのかが見たい！」

「解りました」

気を取り直しての三射目。

面接官からの希望もあり、先ほど同様に弓を寝かせながら弦を引いて、集中力を高めてゆく。

再び視界がゆっくりと絞られてゆき、矢と的だけしか見えなくなり、俺の意識と目標が一本の線で繋がってゆく。

「むっ!?」

そして、矢を今正に放とうとした直前、閉ざされたはずの俺の意識の端に何かが引っかかる。

やはり気のせいではない。目標の更に十メートルほど先、森の奥からの視線を感じながら放たれた矢はほぼ間を置かずに音をズバン、カコーンと鳴らして、目標になっていた人間大の藁束は爆発したかのように藁を四方八方へ飛び散らせて跡形もなく粉砕。その先にある森の木の幹に深々と突き刺さった。

「凄い！　凄いぞ！　長年、新兵の面接をやっているが、おまえのような奴は初めてだ！　良し！　特別に弓の一番隊に配属させてやるから頑張れよ！　おまえが頑張れば、俺も出世するから！　でも、規則は規則だ。もう一本、バシッと頼む！」

たちまち割れんばかりの拍手が沸き起こる。

森の奥から感じた視線が気になったが、皆の賞賛に応えないわけにもいかない。

背後を振り返ると、面接官は先ほど以上に大興奮。次の射が早く見たいと言わんばかりに新たな矢を手渡してくる。

これだけ褒められて悪い気はしないが、ちょっと大袈裟《おおげさ》で照れる前に苦笑が浮かぶ。

先ほども言ったが、猟師を名乗るなら動かない目標に当てることくらい当然だ。俺程度の腕前を持つ者はいくらでもいるはずであり、これは実戦を前に竦《すく》み上《あ》がっている新兵をやる気にさせるためのテクニックなのだろう。

「はい、解りました」

「じゃあ、次はアレを狙ってくれ！」

いずれにせよ、希望どおりに弓隊の配属はほぼ決まったようで安心する。

面接官が指定したのは最初に当てた藁束の右側に立っている藁束。今までの二つと比べたら奥に置かれており、最初の藁束が射そのものを測るなら、二つ目は方向性を、三つ目は距離感を測る目的があるのだろう。

しかし、風向きが急に変わるか、突風がいきなり吹かない限り、当てるのは造作もない。

ましてや、二射目と三射目に行った射撃方法は矢がその勢いを失速させるまでは風の影響を受けにくい。三射目で解るとおり、目標の藁束どころか、その先にある森まで失速することはない。

それよりも気になるのは森の中から感じた視線だ。

ひょっとしたら、クマやオオカミといった獣がいたのかと考えるが、これだけ大勢の人間が集まっている場所に獣が近づくなんて普通は考えられない。

もしかしたら、猟師生活から離れて既に三ヵ月。勘が鈍ってしまっただろうか。

長い年月をかけて培ってきたモノだけにそうは思いたくないが、早い段階で解ったのは不幸中の幸い。兵士をやりながら、この辺りの鍛錬をどうするかを今後の課題として、差し当たって今は目の前の課題に集中しよう。

せっかく高評価を受けているのに無駄なことに意識を割《さ》き、ここで失敗したら良い笑いものだ。

「次、行きます」

だが、弓に矢を番えて、意識を集中させた途端。

俺を見ている視線を感じた。それも今まで以上にはっきりと。

「そこだ！」

もはや、肌に鋭く突き刺さるソレは殺気と言い換えてもおかしくないくらいであり、身体が考えるよりも早く勝手に反応して動いた。

その結果、目標に当たる、当たらない以前の問題。そもそもからして、今の俺は目標の藁束と正対しておらず、矢は目標と見当違いの方向へ、先ほど粉砕した藁束があった方向へ飛び、その先にある木々の隙間を抜けて森の奥へと消えた。

一拍の間の後、森の奥から音がカコーンと鳴り響く。

場はシーンと静寂が満ち、戸惑いを感じさせるあまたの視線が背中に突き刺さりまくり。

傍目《はため》には当てる気がさらさらない射撃にしか見えないのだから当然である。

「ええっと……。どうした？」

たっぷりと間を置いて、面接官が皆を代表するかのように尋ねてくるが、その答えは俺自身が知りたかった。

「いや、その……。だから、何だろう？」

たまらず言葉をしどろもどろに濁しながら森の奥に目を凝らす。

何かを見つけさえしたら、それが言い訳になる。小鳥一羽《わ》、野ウサギ一匹も見逃さないぞと目に力を入れて、皺《しわ》を眉間に刻んだ次の瞬間だった。

「うおおおおおおおおおおおおおおおおおおおおっ！」

「若、いけません！　まだ合図が！」

気のせいでない明確な殺気が肌を突き刺した。

森の奥から雄叫《おたけ》びを轟かせて、こちらへ向かって一直線に駆けてくる男が一人。鞘走《さやばし》らせた剣が薄暗い森の中で閃《ひらめ》く。

「へっ⁉」

これが明日の出来事だったら、兵士としての心構えがわずかでもできていて、少しは違った行動が取れていただろう。

しかし、今の俺は半人前にすらなっていない入隊前。前方の光景に理解が及ばず、茫然と目が点になった後、その俺を殺そうと血走らせた目と目が合い、恐怖心に思わず右足を退く。

「くっ!?　こうなったら、若に続け！　総員、突撃ぃぃぃぃぃぃっ！」

一呼吸の間を置き、轟くもう一つの雄叫び。

それを合図に森の奥からヒトが続々と現れ、瞬く間に百人を軽く超える規模になってゆく。

あまたの靴が大地を叩き、大地がまるで揺れているかのような錯覚を起こす中、いきなり頬を張られて我に返る。

「ぼやっとするな！　撃て、撃て、撃て！　敵襲！　敵襲ぅぅ〜〜〜っ！　敵襲ぅぅぅぅ〜〜〜〜〜っ！　おまえたち、死にたくなかったら今すぐ武器を持って戦え！　敵襲！　敵襲ぅぅ〜〜〜っ！」

誰かと思えば、面接官だった。その言葉にようやく敵軍の奇襲だと理解する。

だが、混乱からまだ抜けきれておらず、猟師として慣れ親しんでいるはずの弓が焦るあまりうまく引けない。

「死ねぇぇぇぇぇえええええええええええっ！」

そうこうしているうち、最初に森から現れた男が目前にまで迫り、俺の命を絶とうと剣を振り上げていた。

幕間《まくあい》　バルバロス、決死の特攻

ニートが新兵の受付審査を受けているころ。

川の向こう側の小高い丘に設営された敵陣のある天幕にて、最高司令官『バルバロス』は腕を組んで椅子に座り、卓上の地図を睨み付けながら頭を悩ませていた。

＊

「むぅ〜〜……」

いくら考えても名案は出てこず、出てくるのは唸《うな》り声ばかり。

この地に着陣して、二週間。今日も今日とて、突破口が何処かにないかと穴が空くほどに地図を眺めているが何処を探しても見つからない。

約半世紀もの間、我が国『アルビオン王国』と西に接する『ミルトン王国』の戦争は完全な膠《こう》着《ちゃく》状態に陥っていた。

その原因はミルトン王国が国境に造ったオーガスタ要塞の存在だ。我が国の軍は要塞攻略に幾度となく挑んできたが、要塞より先は一度たりとも進めたためしがなく、要塞は難攻不落の名をほしいままにしていた。

ところが、去年の夏。オーガスタ要塞が陥落した。

どんな難攻不落の要塞であっても結局はそれを扱う者次第だと知らしめるように。

この大快挙にオーガスタ要塞を陥落させた者たちは沸きに沸いて熱狂した。

オーガスタ要塞を一歩も越えられずに散っていった幾千、幾万の数えきれない英霊たちの無念と恨みを晴らすかのように熱狂して、陛下の指示を待たずにミルトン王国奥深くへと攻め込んだ。

だが、計画にない行き当たりばったりの侵攻がうまくいくはずはない。

補給がしばらくして途絶え始めると、進めた戦線の維持ができず、ゆっくりと後退。大きな被害と損失を出して、結局はオーガスタ要塞まで戦線は戻った。

しかし、陛下はこれを許すばかりか、おおいに讃えた。

ミルトン王国侵攻を正式に宣言すると、北と南の国に対する防衛を薄くしてまでオーガスタ要塞へ兵力を集結させた。

その栄《は》えある最初のミルトン王国方面軍総司令官に任じられたのが儂《わし》『バルバロス・デ・バカルディ・グンダー』である。

先の愚か者たちの二の舞はあってはならない。

オーガスタ要塞から次の拠点となり得るトリオールの街まで延びる街道は北と南の二本。

北はオーガスタ要塞出入り口を防衛のために封鎖。南を侵攻路に選び、戦線が一度の敗退で一気に後退するような事態を避けるため、時間はかかっても各所に陣を築きながら着実に進んできた。

ところが、トリオールの街まであと一歩の距離に迫りながら川を間に挟んでの睨み合いが既に二週間。快進撃はピタリと止まった。

ここまでの道中、どうも抵抗が温《ぬる》いなと感じてはいたが、これを最初から狙っていたとするなら敵の策士もなかなかやるではないか。

いや、間違いなく狙ったのだろう。

こちらは丘の斜面に陣を築き、敵を見下ろす心理的な優位点を持っているが優位と呼べるのはそれだけだ。

むしろ、逆に敵を見下ろしているが故に心理的な劣勢を感じずにはいられない。

こちらが急造の陣なのに対して、敵の陣は数ヵ月がかりで造り上げられた見事な陣であり、その堅固さは正面から突破するとなったら大きな犠牲を強いられると一目で解るからだ。

それにこの辺りはあと一ヵ月もしたら雪が降ってくると聞く。

そうなったら、こちらは最前線基地のオーガスタ要塞からどんなに急いでも二週間はかかるが、敵は三日程度。補給路が圧倒的に短い分、敵が有利になる。

また、我々は各方面、各騎士団が集まって作られた混成軍という欠点もある。

進軍を順調に進めているうちは良かったが、こうして戦線が膠着した途端、それぞれに軋轢《あつれき》が生じて、何かと諍《いさか》いが多くなり始めていた。

ただ、そう言った問題は煩わしくはあったが、今の睨み合いが自分にとって、都合の良い休養になっているのも事実だった。

三人いた息子たちはいずれもが年若くして親不孝にも逝ってしまったため、一度は譲った家督を再び預かり、こうして軍役に就いてはいるが、やはり六十を越えた身としては辛い。

事実、鏡を覗《のぞ》いてみると若いころから自慢にしている虎髭《とらひげ》に最近は白髪が混ざり始めており、老いを隠せなくなってきた。

陛下から期待されて、一軍を任されたからには弱音を吐かず、部下たちの前では何食わぬ顔をして振る舞っているが、疲労は溜まるばかりでなかなか抜けきらない。日に日に溜息が勝手に漏れることが多くなっている。

「むっ⁉　そろそろか？」

「はい、敵陣に炊煙が上がりました」

開きっぱなしになっている天幕の出入り口から差し込んでいる光がふと遮られる。

地図から顔を反射的に上げると、赤いレザーアーマーに身を包んだ女性が立っていた。

彼女の名前は『サビーネ・セイラ・シルヴィス』、儂の副官を務める若き英才である。

髪型は栗色《くりいろ》の髪を眉の上でバッサリと切《き》り揃《そろ》えたセミロングのストレートヘアー。眼鏡とそのキツめな黒い目が好みを分けるかもしれないが、知性を漂わす美人なのは間違いない。

十年に一人の天才とまで呼ばれた才媛で王都の大学を首席卒業。

国の将来を担う官僚として、その進路が期待されるも彼女は大学卒業後に家督と共に先祖の忠を継ぐと、敢えて十騎長という低い地位に留まり、我が家に仕える道を選んでくれた。

そう、年老いた儂が最前線に立つだけの気力を常に保っていられるのは彼女のおかげだった。

今回の戦役が初陣であり、最初こそは新兵らしい気負いもあったが、今や儂の副官として立派に役立っており、正に痒《かゆ》いところに手が届く存在でもう手放せないほどだ。

軍略に深くて幅広い造詣を持ち、さすがに経験がまだまだ伴っておらず、机上論が目立ってはいるが、今回の戦役が終わるころには一人前の、将来的には優秀な軍師になるだろう。

しかし、ありがたく感じている一方で本音を言ったら、こんな遠い異国の地にサビーネを付き従わせるのは反対だった。

我が国は建国以来、女性の家督相続を認めてはいるが、実際は男性の相続が一般的であり、女性の家督相続は極めて稀《まれ》である。

ましてや、軍隊は男社会の色合いが濃い。

まだ年若いサビーネが最高司令官たる儂の副官を務めるに関して、やっかみを持つ者は非常に多い。

これが儂の部下たちなら一喝で事は簡単に解決するが、この混成軍ではそれもままならず、やっかみの中には女性としての尊厳を辱める聞くに堪えないモノすらあり、己のふがいなさを自覚するばかり。

もちろん、サビーネは弱音をおくびにも出さず、逆にやっかむ者たちを鼻で笑い返しているがその実は違う。

オーガスタ要塞へ到着して間もないころ、ある騎士の心ない言葉に感情を爆発させて怒鳴り、大事な作戦会議の場でありながら即座に退去。心配して追ってみると、自分の天幕で声を押し殺して泣いていた。

ただし、その一度のみ。

それ以後、涙はもちろんのこと、弱音すら決して吐こうとせず、気丈な態度を貫いている。

ならばこそ、老いを理由に弱音を吐けるはずがない。

身に着けている赤いプレートメイルとお揃《そろ》いの赤い兜《かぶと》を頭に被《かぶ》って、我が愛槍の朱槍を右手に持ち、戦意を燃え上がらせながら天幕をいざ出ようとしたそのときだった。

「何っ⁉」

最高司令官たる儂の命令を待たず、攻撃命令の銅鑼《どら》が盛んに鳴り響いた。

慌てて何事かと走り、この陣奥深くに置かれた天幕から見下ろす光景に目をこれ以上なく見開いて絶句した。

戦線が膠着したからと言って、我々は今日まで時を無為に過ごしていたわけではない。

敵と睨み合いになった時点でサビーネから献策がなされ、それを実行するための機をずっと待ち続けていた。

伏兵を敵陣の南北にある森の中に潜ませた後、本陣からの攻勢に合わせて、敵陣を三方向から攻める。

サビーネが立てた作戦自体は誰でも思い付く簡単なものだが、それを誰も口に出さなかったのは理由がある。

敵陣の中程に立てられた三つの物見櫓《やぐら》の存在だ。

四六時中、森の木々より高く作られた物見櫓から監視されていては森に伏兵を配置するなど不可能に等しい。

前述にもあるが、敵とは川を間に挟んでの睨み合い。

この川は幅も狭ければ、水深も浅くて渡るのは容易だが、河原がとても広い。

姿をどう足掻《あが》いても晒さなければならない河原を一人、二人ならまだしも、数百人単位となったら、川を渡っている時点で絶対に発見される。

それなら、渡河を夜間に実行する手はどうだろうか。

結論から言うと、これも駄目。河原に敷き詰まった砂利が歩く際に音をたてるため、静かな夜には目立ちすぎる。

だったら、こちら側にも森はあるのだから監視の目も、砂利を踏む音も届かないほどに大きく迂《う》回《かい》したら良い。

そう考える者がいたとしたら、それは地方や辺境の森を知らない浅はかな考えだ。もし、そう発言しようものなら世間知らずと嘲笑の的になるだろう。

森はヒトの領域に非《あら》ず、獣とモンスターの領域である。

この辺りは我々が万を超す人数で集っているため、獣も、モンスターも遠ざかって、その姿を森へ少し入ったくらいでは見せない。

だが、どんなに弱い小動物でも追い詰められたら牙を剝《む》く。

好戦的な獣やモンスターならなおさらだ。ただでさえ、本来のテリトリーを我々によって狭められて、窮屈な思いをしているのだから、森の奥深くに入って遭遇しようものなら当然のように襲ってくるだろう。

もし、それが災害級モンスターだったら最悪の事態になる。

遥か古《いにしえ》の盟約によって、戦争は即時停戦。両国は手を取り合い、災害級モンスターを討伐する義務があり、討伐後は互いの国境まで兵を退く必要がある。

この際、ミルトン王国はオーガスタ要塞の返還を求める可能性がおおいにあり、災害級モンスターの襲撃原因がこちら側にあるなら、その要求を我が国は呑まざるを得なくなる。

これらの理由から誰も口に出さなかった作戦を提案した後、サビーネはこう続けて言った。

我々が不可能と思うなら敵もそう思っているはずであり、そこに付け入る隙があると。

その証拠に森へ入る前の警戒は強いが、森の中の警戒は薄い。

斥候はいないも同然の人数しかおらず、鳴子を張り巡らせている程度という夜目が利く猫族の者たちを用いて探った独自の調査結果も一緒に告げて。

それ故、儂らはサビーネが言う機を待ち続け、その待ち続けていた機がついに昨日訪れた。

夕方ごろから風が冷たくなったと思ったら、すぐに大地を叩くような大雨が今朝近くまで降《ふ》り頻《しき》ったのである。

このときの激しい雨音によって、河原を渡る音は見事に打ち消され、敵陣南北の森にそれぞれ五百人ずつの兵力が伏兵にまんまと成功した。

あとは昼飯時を狙って、敵陣に総攻撃を仕掛ける。

今、陣内から上らせている炊煙は敵の目を欺くためのもの。今朝は朝食分と昼食分の両方を作らせて、我々は早めの昼食を済ませていた。

ところが、ところがである。

こちらからの合図を待たずして、敵陣の後方北側に著しい混乱が見える。

恐らく、敵陣北の森に潜んでいた伏兵部隊が何らかの理由で暴発してしまったのだろう。

そう言った理由があるなら、今も盛んに鳴っている銅鑼を止める必要はない。

戦場は作戦どおりに事が運ぶとは限らない。時に現場の指揮官は上からの命令がなくても臨機応変に動かなければならない。

しかし、それができているのは我が本隊の前に配置してある左翼部隊のみ。

儂直属の本隊は仕方がないにしても、右翼部隊の指揮官は何を躊躇《ためら》っているのか。

そのうえ、敵陣南の森に潜んでいる伏兵部隊も何故に動かない。

伏兵の意味はとうに失っている。この程度の簡単な仕掛けどころさえ解らないと言うのか。

おかげで、攻勢が完全にちぐはぐな形になっている。

このままでは暴発した伏兵部隊が孤立して全滅するのは時間の問題。同時にこの戦場における勝敗が決した瞬間だった。

「バルバロス様、このままでは！」

「解っておる！　全軍に突撃命令を出せ！」

それを経験はなくても知識と計算で導き出したのだろう。

サビーネが血相を変えた顔で振り向き、儂はさすがと感心して頷きながら傍《そば》に控えている伝令官に指示を出す。

昨夜の大雨が嘘のような青空の下、突撃ラッパの音色が高らかに鳴り響く。

右翼部隊が遅まきながら動き出し、敵陣南の森に潜んでいる伏兵部隊も動き出したのか、敵陣後方の混乱が大きくなる。

だが、すべてが遅すぎる。こうなってしまった以上、伏兵部隊を助けるために敵陣奥深くまで斬り込み、こちら側が圧倒的に分が悪い消耗戦を仕掛けるしかない。

つまり、我々の負けだ。

今日まで拮抗《きっこう》していたバランスが崩れてしまい、今日の戦いをうまく引き分けたとしても、明日以降はここを保持するだけの戦力はなくなる。

それなら、ここを保持することにこだわらず、早々に一歩手前の陣まで退き、そこで兵力の再編制を行ったほうが良い。戦争において、最も難しいのは撤退戦なのだから。

「サビーネ、おまえに全権を預ける！　頃合いを見て、退け！」

迷いは一欠片《ひとかけら》もなかった。

陛下より万を超える兵力を預かり、この戦線を任された最高司令官として行うべき今の役目はただ一つ。次の戦いのため、一人でも多くの兵士を逃がすことだ。

馬丁が慌てて引いてきた愛馬に飛び乗り、そのための命令を与えると、サビーネは息を呑んで絶句した後、普段の冷静さをかなぐり捨てて、既に解っているはずの答えを問《と》い質《ただ》してきた。

「なっ⁉　では、バルバロス様は！」

「決まっておる！　儂は敵陣へ突撃をかける！」

その期待にニヤリと笑って応え、右手に持つ槍の先を敵陣のど真ん中へと向ける。

愛馬も決死の戦いを感じてか、鼻息を荒く嘶《いなな》き、出番はまだか、まだかと土を前脚で掻き、その興奮を収めるべく手綱を絞る。

「馬鹿な！　それなら、その役目は私が！」

しかし、サビーネは納得しなかった。

目を剝きながら半ば怒鳴るように叫び、己の胸を右掌《てのひら》で勢い良く叩いた。

その忠誠と献身が心に沁《し》み、思わず目頭が熱くなるが、この役目だけは譲れなかった。

もし、儂が敵の陣を預かる司令官なら、撤退を頭の隅に置きながらも相手の突撃の勢いが伸び切ったところで逆撃を仕掛けるチャンスを狙う。

そのときの危険度は突撃を仕掛けているときの比ではない。

即ち、これから仕掛ける突撃は一方通行を覚悟しなければならない。

だからこそ、まだ年若いサビーネを行かせるわけにはいかない。

世の中、何事にも順番というものがある。この役目を譲ってしまっては恥になる。

第一、サビーネは女だ。

その優れた器量を考えると、捕縛された場合は殺されるよりも辛い屈辱を受ける可能性がおおいにある。

それはサビーネも騎士になると決めたときに覚悟しただろうし、今も重々承知のうえでの発言だろうが、その言葉だけで十分だった。

「その意気込みは買うが、おまえでは力不足だ。いや、敏《さと》いおまえのこと、自分自身が一番承知しておろう？　なら、適材適所という奴よ」

そして、それ以上にサビーネが敵陣へ突撃したところで意味がない。

無駄な犠牲を増やすだけであり、敵陣を切り崩すどころか、割って入るのさえも難しいだろう。

サビーネが扱う武器はレイピアと呼ばれる細剣。

その実力は男顔負けの目を見張るものを持っているが、レイピアは護身、あるいは一対一の決闘で用いる武器。戦場における乱戦向きの武器ではない。

部隊を率いる指揮官としても経験が圧倒的に不足している。

これから行う突撃は、兵士の一人一人が修羅となって、一死一殺以上を望む決死隊である。

年若い女性のうえに経験も、実績もないに等しいサビーネでは残念ながら兵士は付いてこない。

一軍を預かる最高司令官の儂が決死の覚悟となって突撃するからこそ、兵士たちは死地さえも付き従ってくれる。

「ぐっ……。バルバロス様……」

その現実を告げると、サビーネは言葉を悔しそうに詰まらせた。

下唇を噛み締めながら馬上の儂を見上げて、その瞳を涙で潤ませる。

年甲斐《としがい》もなく、胸がドキリと高鳴った。

やはり男は歳《とし》をいくら重ねたところで女の涙に弱いらしい。

だが、それは良いきっかけとなった。

サビーネの泣き顔が出征前に見た孫娘の泣き顔と重なり、まだまだ絶対に死ねないという気概に繋がった。

同時に気づかされる。この程度の絶望的な戦いなんて、これまでの長い人生の中に幾度もあったはずが、いつの間にやら弱気になって、死さえも覚悟していたことを。

もしや、これも老いだと言うのか。

赤備えのバルバロスと言ったら、近隣諸国でも名がちょっとは知られて、雑兵どもは儂の姿を見ただけで逃げ出すとかつては讃えられたのになんと情けない。

しかし、その若き日を思い出した今の儂に恐れは何もなかった。

決死の覚悟は変わらないが、必ず帰ってくるという自信に満《み》ち溢《あふ》れていた。

「なぁ～に、まだ死ぬつもりはない！　だから、安心せえ！　そうよ！　曾孫《ひまご》の顔を見るまではな！　わぁ～っはっはっはっはっはっはっはっはっはっ！」

手綱を緩めると共に鞭《むち》を打ち、愛馬を敵陣へと思うがままに走らせる。殊更、儂はここにいるぞと言わんばかりの高笑いを響かせて。

第五話　弱肉強食

「ぐふっ⁉」

対峙《たいじ》していた男が右膝を折り、口から鮮血を滝のように溢れさせる。

その生命の輝きに溢れていた目は光を瞬く間に失ってゆき、左膝も一呼吸後に折るとそのまま前のめりに伏して、血溜《ちだ》まりを広げながら二度と動かなくなった。

ヒトを初めて殺《あや》めた罪悪感に激しく葛藤する。

前の世界の漫画やアニメ、映画などでよく見かけたシーンだが、そんな感慨に耽《ふけ》っている暇は俺になかった。

なにしろ、ここは殺すか、殺されるかの戦場。敵は一瞬たりとも休む暇を与えてくれず、次から次へと襲ってくる。迷いや弱みを少しでも見せたが最後、死神まで一緒に忍び寄ってくる。

だから、俺はこの場がいつも狩りを行っていた森だと自分に言い聞かせることにした。

敵はイノシシやオオカミといった害獣。俺は村を守るために戦っているのだと割り切った。

幸いにして、この場に棲息《せいそく》するヒトの言葉を喋る害獣たちはそれほど強くない。

親父から手解《てほど》きを受けて、森で磨いてきた俺の技術はここで十分に通用した。

今だからこそ、はっきりと解る。ヘクターがいかに強者《つわもの》だったか、親父がいかに規格外の化け物だったかが。

「ぬおりゃああああああっ！」

「糞《くそ》が！　いい加減にしろって！」

「ぐへぇっ⁉」

この場に棲息する害獣はただ勢いに任せた攻撃しかしてこない。

それも武器を大きく振り、狙いが見え見えの攻撃であり、カウンターがおもしろいほどに入る。

苦戦を強いられるとしたら、それは複数に襲われた場合だろう。

見え見えの攻撃とはいえども多勢に無勢となったら、一発や二発は喰らう覚悟を持たなければならない。

しかし、俺はこの場で幸運を摑んでいた。

薙刀《なぎなた》という持っているだけで害獣を遠退《とおの》けさせる抑止力を。

ちなみに、薙刀をどうやって手に入れたかは解らない。

最初の一匹目と次の二匹目は無我夢中となって戦い、三匹目と少し落ち着いて対峙したとき、既に俺は薙刀を右手に持っていた。

「はぁ……。はぁ……。はぁ……。はぁ……」

ただ、贅沢を言うなら、薙刀は使いにくい。

親父から習った俺の棒術はヘクターが指摘したとおり、突きを主体としている。

斬ることを前提にした薙刀は刃の部分に重心があるため、突きを放とうとすると誤差がどうしても生じてしまい、俺の中に根付いている動作と相性が悪い。

それに初陣という緊張感がそうさせているのか、体力の消耗が恐ろしく早い。

敵の奇襲によって、戦いの幕が切って落とされてから時間はそう経っていないにもかかわらず、肩が激しく上下している。とにかく、空気が足りない。

ついでに弱音を吐くなら、昨夜の強行軍の疲れと眠気がひどい。

瞼《まぶた》が猛烈に重い。先ほどから眠気覚ましに何度も頭を勢い良く振っているが、瞼の重さは増すばかり。

薙刀を今すぐにでも放り投げて、この場に大の字となって寝転びたい欲求に先ほどからずっと駆られていた。

だが、その欲求に流されたが最後、二度と目が醒めない永遠の熟睡になってしまうため、文字どおり必死に抗《あらが》っているが辛いものは辛い。

そして、その辛すぎる同条件で戦っている奴隷隊の戦況は激しく悪い。

既に三割以上が地に伏して倒れ、残る面々も敵の勢いに圧《お》されきっている。全滅は時間の問題だろう。

「死ねやぁぁぁぁああああっ！」

「……っ……ったく、人気者は辛いよな！」

「うぎゃあああああっ⁉」

ぜひ、ここは頼れる正規兵に頑張ってほしいところだが、こちらも残念ながら目下大混乱中。

これから正に昼飯が始まろうとしていた時間だったため、誰もが気を緩ませており、大半の者たちが武器を手放していたのが初動の遅れになっていた。

害獣たちを目線で牽制《けんせい》しながらも横目をチラリと向ければ、敵陣も慌ただしく動いている。

やはりと言うべきか、奇襲に合わせた総攻撃が始まっている。どう考えても戦況は悪い。

もし、俺がこの地を預かる最高司令官なら、まずはこの場の敵を一掃させる。

陣の後背を抑えられている限り、退路を断たれたと混乱は広がるばかり。兵士たちは弱腰になってしまい、力を十分に発揮することができない。

それにほぼ不可能と思えた河原を渡り、伏兵を森に潜ませた敵の策士の手腕は見事だが、その数はそう多くはあるまい。

せいぜい、五百人か、千人といった程度。その程度なら落ち着いて対処したら一揉《ひとも》みで鎮圧ができる簡単な足し算、引き算だ。

しかし、組織的な命令は未《いま》だに一つも飛んでこない。

飛び交っているのは『防げ』と『攻めろ』の二つ。現場の指揮官たちがやみくもに叫んでいるだけで意味を成していない。

無論、俺の考察など素人考えに過ぎない。

だが、いつになったら混乱は収まり、一息をつけるのか。疲労と睡魔の苛立ちも加わり、行き場のない不満と不安を前方の害獣に爆発させようとしたそのときだった。

「んっ!?　……って、マジか？」

雄叫びと断末魔の二つが溢れる中、それを上回るあまたの悲鳴が聞こえてきた。

戦いの最中によそ見は駄目だと解っていながらも釣られて背後を振り返り、驚愕のあまり目をこれ以上なく見開く。

なんと、なんと味方の陣中程にそびえ立つ三つの物見櫓《やぐら》のうちの一つが、南側の森と接するように建っているソレが軋《きし》む音を立てながら傾き、今正にゆっくりと倒れかけていた。

それが意味するものは一つしかない。

敵の伏兵は俺たちが相対している北側の森のみならず、南側の森にも潜んでいた証拠である。

たまらずなぜだと叫びたくなる。

ここの地形を見事に利用した陣を構築するほどの策士が、弱点である森の警戒を怠るとはとても考えられなかった。

しかし、片方だけなら敵の策士が出し抜いたと考えられるが、それが両方となったらヒューマンエラーとしか考えられない。

まさかとは思うが、この陣を構築した策士はこの戦場にいないのだろうか。

いや、そうに違いない。もし、いたなら、この場の混乱はとっくに収まっているはずだ。

「あーー……。うん、負けたな。これは……」

斯《か》くして、南側の物見櫓は倒された。

その巨大さ故に多数の味方を巻き込みながら陣の内側へと倒れ、軽い地響きが遠く離れたここまで届く。

物見櫓は陣の何処からも見える存在だったため、この陣の象徴である。

まだ二つの物見櫓は残っているが数は問題にならない。倒されたという事実が問題だ。

言い換えるなら、精神的支柱を失った今、士気は大きく低下する。

その証拠に混乱が見るからに大きくなっている。戦況を覆すのは不可能に近い。

このうえは必要以上の出血を抑えて、明日の戦いに繋げるため、早急な撤退を選択するべきだ。

それにしても、敵ながら見事だ。天晴《あっぱ》れと褒めたくなる。

惜しむべきは三方向からの攻撃のタイミングが微妙に揃っていなかった点か。もし、完璧に揃っていたら、こちらは壊滅も十分にあり得た。

差し当たって、俺はほどほどに頑張るとしよう。

負け戦を一生懸命に頑張ったところで報奨金の大盤振る舞いはない。作戦『ガンガンいこうぜ』から作戦『いのちだいじに』に変更だ。

「おっ!? やっとかよ！」

そう思った矢先、大地を激しく叩く幾十の馬蹄《ばてい》の音が聞こえてきた。

味方騎馬隊による突撃である。その遅すぎる対応に悪態をつきながらも口元を緩ませる。

だが、ここは騎馬隊の進路上。安堵《あんど》に浸っている暇はない。

俺がよそ見をしている隙を狙って棍棒の一撃を放ってきた害獣をいなして、その横っ腹を蹴飛ばしながら後方へ大きく跳《と》び退《の》く。

ところが、ところがである。

「お待ちを！　子爵、お待ちを！」

「ええい！　うるさい、うるさい！　うるさぁぁ〜〜〜い！」

「しかし、この地を春まで死守しろ！　それが公爵様の命にございます！」

「それがどうした！　相手は赤備え！　あの紅蓮《ぐれん》の槍だぞ！　勝てるはずがない！」

「確かにそうかもしれません！

しかし、負けるにしても負け方というものがあります！　それを……」

「だったら、おまえがやれ！　私は逃げると決めた！」

「馬鹿な……。子爵！」

その突進力で幾人もの害獣を跳ね飛ばしたまでは良かったが、騎馬隊は再突撃のための旋回を行わず、立ち止まりもしない。

要するに目の前をただ通り過ぎただけ。なぜ、そんな無意味に等しい行動を取ったのかを問い質すまでもない怒鳴り合いを交わしながら。

「おいおい……。本気か？」

俺の今の心中を言葉で表すなら『信じられない』のただ一言である。

驚愕を遥かに通り越して、茫然と目が点。思わず口を間抜けにポカーンと開きっぱなしにして遠ざかってゆく騎馬隊を見送る。

最後までとは言わないにしろ、それに近い段階まで踏《ふ》み止《とど》まり、撤退の指揮を執らなければならない最高司令官が部下たちも、兵士たちも、すべてを見捨てて真っ先に逃げ出すなんてあり得ない。

その反面、納得がいった。あの最高司令官なら今の戦況はさもありなん。

この戦いは負けるべくして負けたに過ぎず、その敗因は絶対にあってはならない森からの奇襲を受けた時点で決定的だ。この陣の弱点であり、命綱とも言うべき存在の北と南の森の警戒を怠ったに違いない。

「げっ⁉ ヤバっ……」

しばらくして、正規兵たちが悲鳴と怒号をごっちゃにしながら陣内から津波のごとく殺到してくる。

最高司令官が逃げ出したのだから当然だ。誰も彼もが殺気立った必死の形相であり、この場にいたら敵も、味方も区別なく殺されるに違いない。

慌てて我に返り、すぐ近くにいた名も知らない犬族の青年と目を合わせると共に頷き合う。

奴隷の俺たちは明確な撤退命令が出ていない以上、逃げ出すことは許されない。ここで逃げ出した場合、撤退先での再編制時に敵前逃亡の見せしめとして処刑される可能性が非常に高い。

今、打つべき最善手は奇襲があった北側の森へ逃げることだ。

この戦場での敗北はもう揺るぎようがない。そう慌てずともまもなく出るだろう撤退命令を待てば良い。

「ぐわばらっ⁉」

しかし、森へ駆け出した瞬間、もう誰もいないはずの最高司令官たちが逃亡した方向から断末魔の叫びが響き渡った。

思わず足を止めて振り向くと、首が宙を舞っていた。どうやら俺たち二人より目端を利かせながらも選択を誤った奴らがいたらしい。

「ま、待ってッ⁉　ま、待ってぇぇぇぇぇぇぇぇぇっ⁉」

ハルバードの刃が馬上から振り下ろされ、断末魔が続けざまにもう一発。

脳天を叩《たた》き割《わ》られて、股下まで真っ二つとなり、鮮血を盛大に撒き散らしながら身体が左右に分かれて倒れてゆく凄惨な光景に場が瞬時にシーンと静まり返る。

首を断たれた男も、身体を真っ二つにされた男も奴隷であり、それを行ったのはいつの間に戻ってきたのか、先ほど最高司令官と怒鳴り合いをしていた騎兵である。

「何をほうけている！　敵を直ちに掃討せよ！　もし、逃げたいという者がいるなら今すぐ前へ出ろ！　我が軍にそのような臆病者は必要ない！　この私が直々に叩き斬ってやる！」

敵も、味方も時が止まったかのようにただただ茫然と動きを止めている中、騎兵の一喝が轟く。

正しく、一罰百戒。つい先ほどまで逃げ惑っていた正規兵たちが精鋭へと早変わりして、陣後背における混乱は収束に向かった。

*

「わっはっはっはっはっ！　どうした！　どうした！　このバルバロスの相手になる奴はおらんのか！　ミルトンは騎士も、兵士も木っ端ばかりか！」

赤いフルプレートアーマーを身に纏《まと》った男が高笑いをあげながらの一騎駆け。

たった一人が数百、数千を翻弄する現実とは思えない信じられない光景が前方にあった。

その姿はまるで通り道にあるモノすべてを吹き飛ばして更地に変えてしまうハリケーンだ。

男の歩みを止めようと幾人もの兵士たちが四方八方から一斉に襲いかかるが無駄の一言。男が槍を振るうたび、ヒトが右へ、左へと飛んでゆく。

倒れるとか、吹き飛ぶとか、そういうレベルではない。

比喩も、誇張もなしにヒトが頭上を遥かに超えた高さを文字どおりに飛んでゆくのである。

おまけに、飛んでいった落下先で数人を巻き込んだ二次災害を起こしている。

これを技と呼んでもよいのか。少し疑問点はあるが、敵陣深くに斬り込んで複数を相手にする技としては理にかなっている。

「うぎゃぁぁぁぁぁあああああああああっ!?」

しかし、あれは何なのか。あの人体発火現象は何なのかと問い詰めたい。

なぜ、槍に突かれたくらいでヒトがいきなり火柱になって燃え上がるのか。

それも火力が尋常でない。十も数えないうちにヒトが丸焦げの炭と化したうえに骨すらも残らないなんて恐ろしくてたまらない。

その癖、飛び火した炎は普通の炎と変わらない。

飛び火した直後こそは派手に燃え広がるが、すぐに勢いを衰えさせて簡単に消せるのだから訳が解らない。

何にせよ、あんな死に方だけはまっぴら御免だ。死ぬにしても、もっとマシな死に方がしたい。

それを承知しているからこそ、敵は陣を切り崩すだけなら前述のヒトを右へ、左へと飛ばす技を用いたほうが手っ取り早いにもかかわらず、謎の人体発火現象を適度に用いている。何をしたら相手が嫌がるかを心得た実に戦い慣れた奴だ。

味方たちを見捨てて真っ先に逃げ出した最高司令官がおびえていた『紅蓮の槍』とは、あの男を指すに違いない。

あの男の後ろに付き従う集団も揃いの赤いレザーアーマーを身に着けており、『赤備え』の二つ名と特徴が見事に一致している。

今なら、最高司令官が臆病風に吹かれて逃げ出した理由が少し解る。

どうしても、あの男の化け物じみた強さに目を奪われがちだが、あの男の後ろに付き従う集団も一人一人が歴戦の猛者《もさ》と言っても過言でない。練度の高さを感じる。

あの男が敵陣に単騎斬り込み、その傷口を後ろに付き従う集団が広げてゆく。

それを着実に進みながら繰り返すことによって、彼と彼らは一つの大きな鏃《やじり》となり、今ではこちらの陣へ見事に食い込んでいた。

「ええい、怯むな！　もっと気張れ！　金貨二枚だぞ！　金貨二枚！　休む暇を与えず、絶え間なく攻め続けろ！」

当然、こちらとしては許容しにくい現実である。

この前線へ俺が来たときから、この場を預かる指揮官は怒りに震え、唾を飛ばして叫びまくり。

なにせ、男とそれに付き従う集団から視点を引いて、最前線全体のラインを眺めると解るが、兵士一人一人の練度はこちらが勝っている。

奇襲を連発で喰らうなどの不利な条件を揃えながらも拮抗、あるいは逆に押している部分もあるが、男が斬り込んでいる中央部分だけが極端に押されている。

そのため、男に対する決死隊が編制された。

倒せなくても足止めするだけで金貨二枚。それがあの男に付けられた値段である。

あの陣後背の混乱を収めた騎士が最高司令官代理の座に就くことを宣言して、その名の下にその条件と金額が提示されたときの熱狂は凄かった。

大歓声が沸いて溢れ、誰もが目の色を変えて先を越されてなるものかとここへ他人を押しのけてまで急ぎ、その進路上にあった邪魔な倒された物見櫓の残骸をあっと言う間に撤去。南側の森から受けた奇襲の劣勢すらも半ば押し返している。

当然と言えば、当然だ。目の色を変えないほうがおかしい。

金貨二枚どころか、金貨一枚ですら庶民には一生縁がない金額だ。

熱狂に浮かれたそのうちの一人である俺を例に取ると、市民権を買い戻して、コゼットとエステルの二人と豪華な結婚式を挙げたうえに三人の愛の巣を都会の庭付きで買ってもまだ余る。数年は余裕で遊んで暮らせる。

だが、そう美味しい話が世の中にあるはずがないと前方の光景が教えてくれていた。

指揮官の合図と共に十人前後が一斉に突撃。それを既に十回以上試みているが、あの男へ近づけた者すら一人もいない。

「わっはっはっはっ！　つまらん！　つまらんぞ！　退屈で、退屈であくびが出てくる！　目が醒めるような強者はこの陣におらんのか！」

それでも、可能性は決してゼロではない。

フルプレートアーマーを被っているために声が少しくぐもっているが、この高笑いを聞く限り、高齢のように感じる。

どんな達人でも年齢には勝てない。

俺の予想が正しいなら、体力がそろそろ尽きてもおかしくはない。

決死隊が編制され、こんな無謀とも言える消耗戦が実施されているのが何よりの理由だ。そこに勝機がある。

ただし、あの男を討ち取ったところで戦術的な意味はない。

この戦場は既に大勢を決しており、どう足掻いても勝敗は覆らない。我々の負けである。

しかし、戦略的な意味はおおいにある。

あの男をここで討ち取るか、撃退する。最低でも一矢を報いなかったら、今後の戦いは劣勢を常に強いられることとなる。

あの男が戦場に現れる。たったそれだけで今日を生き延びた兵士たちはおびえて竦み、それは今日の恐怖を知らない兵士たちに悪影響を与えて、全体の士気は大きく低下する。

それが解っている最高司令官代理はなかなか優秀な人物だ。

味方たちを見捨てて真っ先に逃げ出した本来の最高司令官よりもよっぽどふさわしい。

だが、優秀な人物がその能力にふさわしい地位にあるとは限らないのが世の常である。

前の世界でもそうだったし、国王を頂点とする血統第一主義の貴族社会ならなおさらと言える。

だからこそ、こんなめったにないチャンスを見逃せるはずがない。

奴隷から市民に。身分の垣根を飛び越えて、その先にある幸せを摑《つか》み取《と》るため、この程度の無茶は必要経費だ。

金貨二枚の値段があの男に付いているのは今の戦況があってこそ。あの男がいかに一騎当千の猛者であろうと通常なら金貨二枚という破格の値は付かない。

もちろん、無茶な必要経費を支払わなくても五年間の兵役を我慢したら市民になれるのは重々承知している。

しかし、五年間の戦場暮らしとあの男と対峙する一瞬。どちらの生存率が高いかと言ったら、どちらもそう変わらないはずだ。

だったら、俺はあの男と対峙する一瞬に賭ける。

たとえ、ゼロがあまたに並ぶ確率であろうと、宝くじは買わなければ当たらない。

そんな感じの無茶理論で自分自身を奮い立たせているとついに俺たちの出番が回ってきた。

「さあ、準備は良いか！　次が俺たちの出番だ！　何度も言ったが、俺たちは十二人で一人！　ばらばらに攻めず、攻撃を合わせるんだ！　なぁ～に、ちょっと行ってきて、すぐ帰ってくるだけ！　たった、それだけで金貨二枚！　誰が成功しても、金貨二枚は山分けだ！　気張れよ！」

小隊編制時、たまたま近くにいた者たちで組み、お互いに自己紹介する間もなかったが、小隊長の発破がけに返事を『おう！』と綺麗《きれい》に揃えて返す。

「それじゃあ、行くぞ！　……今だ！」

どいつも、こいつも不敵な面構えで野心に目をギラギラと輝かせまくり。

この十二人となら成功するに違いない。そう確信を抱きながら薙刀を持つ両手に力を込め、小隊長の合図と共に大地を蹴って走り出した次の瞬間だった。

「わっはっはっはっはっ！　そっちがその気なら仕方がない！　いい加減、おまえらも退屈だろうから、儂のほうから新しい余興を見せてやるか！」

所詮、俺の思惑は甘さを塗り重ねたものであり、現実はあまりにも非情だと知った。

男が槍を右奥に引いての横薙《よこな》ぎを誰もいない前方の間合いへ放ったと思ったら、その空振りの中から生まれた赤白い光球が飛来。俺のすぐ左隣を通り過ぎ、駆けている俺の背を押すほどの爆発が背後で起こった。

「んなっ⁉」

これ以上ない驚愕に目を丸くする。

多数の悲鳴が背後から聞こえ、左右を走っていた仲間たちが前のめりに次々と転んでゆく。

土と小石の雨がパラパラと降り注ぐ中、気配から察する。

今、走っているのは俺一人だけ。顔を左右に向けて、きちんと確認してはいないが間違いない。

だが、今の俺は放たれた一本の矢。

背中を押した爆風の勢いも加わり、脚はトップスピードに達している。急には止められない。もし、止まるとしたら曲がるか、転ぶかだが、それも駄目だ。

既に男との距離は約三十メートルに縮まっている。このスピードで曲がるとしたら転び、転んだら今走っている勢いをどう殺そうとあの男の間合いまで転がってしまうため、危険度は逆に大きく増す。

「畜生！」

「ほほう！　やっと少しは骨のある奴が現れたか！」

こうなったら、一人だろうとやるしかない。

ただ一点、男を見据えると、その決意が伝わったのか、男が槍先《やりさき》をこちらに向けた。

次の一瞬にすべてを賭ける。出し惜しみはなしだ。

タイミングのカウントを心の中で数えて踏み切り、宙を跳びながら腰を捻って、薙刀を右奥限界まで引き絞る。

「喰らいやがれ！」

そして、狙いどおりの間合いに着地すると同時に溜めきった力を解き放った瞬間、まざまざと実感した。

俺の思惑が甘さを塗り固めたものなら、遠目から測っていた男の力量も甘さを塗り固めたものだと。

「ふん！」

親父に匹敵する化け物、そう考えていたが違う。

目の前の男は化け物だった親父すらも遥かに凌駕《りょうが》するナニカだ。

俺が力を解き放った瞬間、その一瞬に満たない利那で狙いを読みきり、今正に突き出そうとしている薙刀の切っ先が数瞬後に描いている場所へ槍先をピンポイントで重ねてきた。

その先読みも驚異的だが、その神速の突きはもっと驚異的であり得ない。

今、俺が放っている突きは我ながら見事と実感できる十回に一回もできたら御の字な会心の突きであるうえ、ここまで全速力で走って跳んだ勢いを乗せた突きである。

それを立ち止まって構えもせず、無造作に歩きながら放った突きに凌駕されるなんて絶対にあり得ない。どれだけの才能に恵まれ、どれだけの鍛錬を重ねたら、こんな神の領域に到《いた》れるのか。

「まだだ！」

しかし、突きを弾かれるのは最初から織り込み済み。

ここからが本当の勝負だ。薙刀の切っ先が槍先に弾かれる直前を狙い、ヘクターを悔しがらせた奥の手を放つ。

「むうっ⁉」

突如、突きの勢いが増すと共に攻撃の間合いが伸び、男が初めて動揺を口から漏らす。

勝利を確信して、思わず口がニヤリとほくそ笑む。これで金貨二枚は俺のモノだ。

「へっ⁉」

ところが、その直後の出来事だった。

満面の笑みで投げキスまでしていた勝利の女神が表情を一変。アッカンベーと舌を出して、そっぽを向いた。

恐らく、観衆はこう思ったはずだ。

あいつは馬鹿に違いない。刃をプレートアーマーに正面から立てたら、その結果は当然だと。

だが、違う。真実は違う。

俺が狙ったのは男の左肩脇であり、プレートアーマーの部位同士を繋いでいる隙間である。

狙いを違《たが》わず、薙刀の切っ先はそこへ迫ったが、見えない何かがインパクトの直前に弾き飛ばした。

茫然と目を見開きながら、ここに至って大きな勘違いをしていたと思い知る。

俺は人体発火現象も、突撃する際に放たれた赤白い光球も、男が魔術を使っていると考えていたが違う。

その二つの摩訶不思議《まかふしぎ》な現象も、薙刀の切っ先を弾き飛ばした今の理不尽な現象も、男が持っている槍に付与された特殊能力だ。

子供のころ、親父から何度か聞いたことがある。

古《いにしえ》の昔、この地上をすべて支配下に置いた魔法帝国の魔術師たちが魔族と戦うために作り出した現代では再現不可能な『マジックアイテム』と呼ばれる古代遺物の話を。

形状、大きさは千差万別だが、発見された品の大半は武器。

千年以上前の古代遺物でありながら新品同然の煌《きら》めきを持ち、いくら斬っても斬れ味が落ちないのがすべてに一致した最大の特徴。

所有者の精神力を媒介に秘められた特殊能力を発揮。周囲を明るく照らす日々の生活に便利なレベルの品もあれば、堅牢な城塞を一撃で壊滅させる天変地異レベルの品まで存在するとか。

この話を俺は子供を楽しませるお伽噺だとばかり考えていた。

特に話のキーとなっている魔族が、その恐ろしさを誰もが子供のころに叩き込まれながらも実物は誰も見たことがない存在であり、前の世界を例にするなら、天狗《てんぐ》や鬼、ナマハゲのような存在だからだ。

実物を見たことがないという点ではマジックアイテムそのものも同様である。

武器と言ったら、冒険者の商売道具。その昔、両親が冒険者だったころ、幾人もの冒険者たちに持っているかを聞いて回ったが、誰一人として持っていなかった。

しかし、そのお伽噺の存在が目の前に実在した。

今まで見た摩訶不思議現象から察するに炎を操る特殊能力に加え、所有者を守る加護もあるのだろう。

それに対して、こちらの武器は一般的な薙刀である。

使い慣れてもおらず、どう考えても不公平だ、チートだ、インチキだ。

「所詮は雑兵、そう油断していたのもあるが……。今の突き、実に見事だった。しかし、見事だったからこそ、残念でならん。もし、おまえが儂を本気で倒そうと考えていたら、あるいはおまえの持つ武器が槍だったら、確実におまえの刃は儂に届いていただろう」

そのうえ、男の足止めを成功したにもかかわらず、矢が一本も飛んでこない。

男が足を止めた瞬間を狙って、矢の雨を降らせる作戦だったはずだ。このままでは骨折り損のくたびれ儲《もう》けにしかならず、この場から逃げるチャンスも作れない。

たまらず背後を振り返って、その惨憺《さんたん》たる光景に絶望した。

先ほど男が放った赤白い光球は俺の左隣を通り過ぎていった一発だけではなかったらしい。

黒い煙を上らせている爆発の痕跡と思しき小さなクレーターが幾つもできており、死者は少ないようだが、負傷者が多数。北の森から南の森まで横一列が大混乱に陥っている。

「ち、畜生……。ち、畜生、畜生！　な、何で！　ど、どうして！　せ、せっかく……。せ、せっかく！　……う、嘘だ！　ああっ……。コ、コゼット！」

歯がガチガチと鳴ってうるさい。

この状況下、俺はどうしたら良いのか、何ができると言うのか。目の前の男から逃げるには味方の支援がなかったら絶対に無理だ。

膝はガクガクと震えて、その場に立っているのがやっと。足が動かない。

「おまえをここで葬るのはたやすい。だが、この儂にもプライドがある。孫娘と同じ年頃の小僧と勝負をして、同条件でなかったから勝てたなどと知られてはいい笑いものだ。特にあいつは腹を抱えて笑うに違いない。それは断じて、許せん。実に不愉快だ。よって、おまえに時間をやろう。儂も歳が歳だけにあまり長くは待てんが、十年くらいなら待ってやる。儂の名はバルバロス、バルバロス・デ・バカルディ・グンダーだ」

顔を正面に戻すのが怖かった。

先ほどまでのように笑うでもなく、激高するでもなく、言葉を淡々と重ねている男が怖かった。

「ご、ごちゃごちゃとうるさい！　な、何、言ってるか、さっぱり解らねぇ〜よ！　に、日本語で喋れ！　に、日本語で！」

だが、ふと頭に思い浮かんだコゼットの笑顔が折れた心を奮い立たせる。

音がギリリと鳴るほどに奥歯を噛み締めて、薙刀を持つ両手にあらん限りの力を込めながら振り向きざまの薙《な》ぎ払《はら》いを放つ。

「言葉の意味は解らんが……。うむ、覚悟を決めた良い面構えだ！」

しかし、力任せの一撃が目の前の男に通用するはずがない。

薙ぎ払いをあっさりと真下から弾かれ、俺は身体をやや仰け反らせてのバンザイ状態。ヤバいと感じたときはもう遅かった。

「ごごべっぼおおおおっ!?」

男が返す刀で放った槍先とは反対の石突き側の薙ぎ払いを左脇腹に喰らい、肋骨《ろっこつ》の何本かがバキバキバキと折れる音を耳にしながら俺は空を飛んだ。

第六話　運命の出会い

「んっ……。んんっ？」

何処からか聞こえてきた森の朝を告げるココリコ鳥の鳴き声に目を醒ます。

針葉樹独特の匂いが鼻に付く。俺はいつの間に森で、それも腹で木の枝に引っかかりながら寝るなんて器用な真似をしたのだろうか。

「痛っ!?」

だが、記憶を掘り起こすよりもまずは安全な体勢を取ろうとした瞬間。

左脇腹から走った激痛が記憶を勝手に掘り起こしてくれ、すべてを理解した。

俺の記憶はあの親父を遥かに超える化け物の一撃を喰らった直後でとぎれている。

恐らく、森まで飛んで落下の際、このぶら下がっている枝にうまく引っかかったのだろう。

そう戦場から遠く離れていないはずだが、争いの喧騒《けんそう》どころか、ヒトの話し声が聞こえない。

やはり味方は戦いに敗れて撤退したと判断するべきであり、先ほどココリコ鳥の鳴き声が聞こえてきた事実から最低でも一夜は経過しているのが解る。

九死に一生を得るとは正にこのことだ。自分自身の幸運に感謝するしかない。

「よく……。本当によく生きていたよな。もう絶対に駄目だと思ったし……。この程度の怪我《けが》で済んでよかったよ」

安堵の溜息を深々と漏らすと、汗が全身にブワッと噴き出してきた。

今更ながらに無謀が過ぎたと思い知る。たとえ、小隊を組んだ他の十一人が火球に倒れず、全員健在で一斉に襲いかかろうが、あの化け物の首は絶対にどう足掻いても取れなかった。

対峙してみて解ったが、あのレベルの化け物になると襲いかかってくる人数は関係ない。

むしろ、襲いかかる人数が多くなれば多くなるほど、化け物にとっては不利になるどころか、逆に隙を多く与えて有利になるため、困難と思える一騎打ちこそが実は最も化け物を討ち取れる可能性が高い。

しかし、あれほどの化け物がそうそういてはたまらない。

なら、猛獣を相手にするように正面からぶつからず、搦《から》め手《て》を用いて檻《おり》に閉じ込めるべきだ。

もっとも、俺は一兵士に過ぎない。その搦め手を考えるのはお偉いさんである。

もし、俺があの化け物と戦場で再び会ったら、まず逃げる方法を模索する。

逃げることができず、戦うことを強要されたなら多数の中の脇役に徹する。ほどほどに戦い、ほどほどに逃げるのが最も冴《さ》えたやり方である。

昨日のように間違っても武勲に釣られたりはしない。

そう考えるとあの化け物と対峙したのは良い教訓になった。

命あっての物種。今日、一日を生き延びて、命を明日に繋げば、繋いだ分だけコゼットとまた会える日は近づき、その可能性はまだまだ続くのだから。

だが、それはそれ。これはこれ。

金貨二枚の報奨金を忘れてはならない。

作戦目的を遂げられなかった点に不安を覚えなくもないが、それは俺のせいじゃない。

俺は兵士として与えられた目的はちゃんと遂げている。あの最高司令官代理なら、その辺りをきっと解ってくれるはずだ。

報奨金は貰えなくても、奴隷の身分から解放くらいはしてくれるかもしれない。

そうと決まったら善は急げ。

味方たちは建築途中の一つ手前の陣へ撤退したはずだ。そこを目指すとしよう。

そのためにまずは木から下りる必要があるが、このぶら下がっている枝は飛び降りるには高い。木の幹を伝って滑り下りるほうが安全だ。

「うぇっ!?　……く、臭っ!?」

そう考えて、左脇腹の激痛を堪えながらぶら下がっている枝に右足を乗せた途端。

耐えがたい強烈な臭さが襲ってきた。鼻を摘みたくても今の体勢では摘めず、たまらず身体が拒絶反応にえずく。

すぐさま枝の上に立ち上がり、この臭さは何なのかと鼻を摘みながら辺りをキョロキョロと見渡して気づく。

無地の麻布で作られているはずのズボンの股間から足首にかけての脚の内側部分がなんと黄色く染まっているではないか。

そのうえ、嫌な予感を覚えつつも恐る恐る振り返ってみれば、ズボンの後ろ側は黄色に近い茶色で染まっている有り様。

それこそが明らかに臭気の発生源であり、このズボンとパンツが乾いたパリパリ感は間違いなくソレとしか思えず、その証拠に乾ききっていない現物が靴の中で嫌な感触を生み出していた。

いつ、そうなったのか。俺の記憶の中にはない。

考えられる可能性としては、奥の手をマジックアイテムというインチキに防がれた瞬間から気絶するまでのわずかな間しかない。

つまり、俺は恐怖のあまりに大も、小も漏らしてしまったことになる。

前の世界の年齢を足したら、精神年齢は四十代になる男が人前でだ。

「マジかー……。この歳になって、マジかー……」

もはや、つい先ほどまで感じていた高揚感は何処にもない。

絶望と哀しみだけが果てしなく広がり、目を右手で覆いながら天を仰ぐしかできなかった。

＊

「ん～～……」

静寂が満ちる森の中、目を瞑りながら大地にうつぶせとなる。

ちょっとの雑音すらも排除するため、空に向けている左耳を左手で押さえ、大地に直《じか》に付けている右耳に意識を集中させてゆく。

俺が木から下りて、最初に実行したのは空腹を満たすことだった。

都合良く、昨日の戦いは惨敗と言うしかない負け戦。森の藪《やぶ》から戦場跡地を窺い、ヒトが誰もいないのを確認してから探してみれば、撤退時に放棄された兵糧がすぐに見つかった。

その場に残しておいても腐るのを待つだけ。

空腹を満たした後は適当な布を風呂敷《ふろしき》代わりにして、数日分の黒パンと干し肉を包むのも忘れてはいない。

行きがけの駄賃に指揮官ランクが使っていたと思しき豪華な幕舎へ侵入。槍とナイフなどの小道具一式、仰天お宝の回収も行っている。

そう、あくまで回収だ。その場に残しておいても進軍してきた敵にいずれは奪われるくらいなら俺が有意義に使ってあげようという心憎い気配りである。

そして、俺はすぐに森へ戻った。

次に実行するべきはズボンとパンツの洗濯。それ以外にない。

今の姿を誰かに見られでもしたら『うんこ漏らしのニート』と呼ばれるのは必定。ただでさえ、呪われた名前の上にそんな十字架を一生背負って生きてゆくのは絶対に嫌だった。

ズボンも、パンツも戦場にいくらでも落ちていた。

しかし、さすがに息絶えた者から身ぐるみを剝ぐのは禁忌に思えてならず諦めている。幕舎へ侵入したのも最初は着替えを探すためだった。

洗濯ができる川は戦場のど真ん中にあったが、そこではできなかった。

洗濯を行うとなったら、それも一日が経過して固く乾いたソレを落とすとなったら、当然のことながら結構な時間がかかり、その場を見られでもしたら以下略である。

そういった事情から森を南下。もう大丈夫だろうという所から念には念を入れて更に進んできたが、この森は何かがおかしい。

猟師の勘を狂わすと言うか、方向感覚を狂わすと言うか、そう言った不思議な何かが働いているとしか思えない。つい三ヵ月前までは一年の半分を森の中で暮らしていた俺が森を歩くのに迷いや躊躇《ためら》いを感じるなんて明らかに異常だ。

「おっ⁉　……あっちか？」

だが、猟師を舐《な》めてもらっては困る。

こんなときのためのサバイバル術は親父から幾つも学んでいる。

そのうちの一つが最初でヒット。

川のせせらぎが大地を伝って耳まで微《かす》かに届き、川が近くにあることを知らせてくれる。

あとは簡単だ。その音が聞こえてきた方向へ向かうだけ。

鼻はとっくに慣れて臭いは気にならなくなったが、この生理的嫌悪感を催すズボンとパンツのパリパリ感は我慢ができない。

ズボンとパンツをようやく脱げる嬉しさに歩みは自然と早くなり、しばらくすると大地に伏せるまでもなく聞こえてきた川のせせらぎに駆け出す。

「ふぁっ⁉」

しかし、最後の藪を掻き分けて、陽の光の下へ久々に出た瞬間、慌てて足を急停止させる。

森と川の間にある河原《かわら》に先客がいた。見覚えがある赤いフルプレートアーマーがうつぶせになって倒れていた。

たちまち昨日の恐怖がまざまざと蘇《よみがえ》り、股間が生温かく濡れてゆく。

即座に踵《きびす》を返そうとするが、勢い良く振り返った際にちょっと欲張って背負ってきた風呂敷の荷物に遠心力が働き、その勢いと足元が現在進行形で濡れている不運も重なっての転倒。風呂敷の中身が辺りに散らばって音を盛大に立てる。

「ひいぃぃぃぃぃっ!?」

目をギュッと瞑って歯を食いしばり、すぐさま頭を抱えながら身を丸めて固くさせる。

その拍子に尻が音を勝手にブリブリと鳴らすが気にしている余裕はない。たとえ、どんな屈辱に塗《まみ》れようと今は拾った命が大事だった。

「……って、あれ?」

ところが、出すモノをすべて出しきり、いくら待てども反応は何も返ってこない。

目をおずおずと開けて、その様子を窺ってみると、男は河原にうつぶせたまま。動く気配は感じられない。

まさかと上半身を勢い良く跳ね上げるが、その直後に大きなイビキが聞こえ、胸をホッと撫《な》で下《お》ろす。

「生きている。……よな?」

おかしなものだ。昨日はお互いに命のやり取りをして、ついさっきまでは命を奪われるかとおびえていたにもかかわらず、今は男が生きていると知って安心しているのだから。

そんな自分自身に苦笑を漏らしながら立ち上がる。

もしかしたら、味方は戦いに敗れて撤退はしたが、その前に戦況を一時的に盛り返したのかもしれない。

常識的に考えたら、退路は敵陣があった東方向。戦場から遠く離れた見当違いのここに一人で倒れているのが、それを如実に物語っている。

ただ、先ほど言ったようにこの森は何かがおかしい。猟師だった俺がそう感じるのだから、素人ならなおさらだ。

長時間、男は森を彷徨《さまよ》い続け、ここまで喉の渇きに水を求めて辿り着いたが、川を見つけた安心感に気を緩ませてしまい、そのまま気を失ってしまったのではなかろうか。

毎年、春や秋になると村でもたまにあった。

山菜採りやキノコ採りでは地面ばかりを注視しがちなため、夢中になりすぎると森の奥深くへと迷いやすくて、そう言ったおっちょこちょいは大抵が目の前の男のようになるか、水を飲みすぎた末に体温を奪われて動けなくなるものだ。

「もしもぉ～し？　起きていますかぁ～？」

小石を拾って、そのうつぶせになっている背中へ投げてみるが、やはり反応は返ってこない。

小石がフルプレートアーマーの板金に当たった際、甲高い音がカーンと鳴り響いただけ。指先一つすらピクリとも動かない。

「何だよ。脅かすなよなぁ〜……」

確実に気絶していると解れば、もう何も怖くはない。大きく安堵の溜息を漏らしながら男の元へ歩み寄る。

*

後世、無色の騎士と名高いニート。

その勇名はアルビオン王国末期に名将の中の名将と讃えられたバルバロス・デ・バカルディ・グンダーの存在をなくしては語れない。

では、バルバロスはニートという当時はまだ無名の英雄をいつ、何処で見出《みいだ》したのか。

その記録は残念ながら残されていないが、大陸歴第三期二三五年に行われたアルビオン王国軍によるミルトン王国第一次遠征の最終戦の最中というのが定説だ。

このミルトン王国第一次遠征にて、アルビオン王国軍は前線基地のオーガスタ要塞から伸びる北路と南路の二つのうち、南路を侵攻路として選び、ミルトン王国領内を破竹の勢いで進軍。道中、六度の会戦を交えながら二つの村を占領するに至った。

だが、肝心な拠点となり得るトリオールの街を目前にして、オーガスタ要塞へ撤退。その最大の敗因は結果としてミルトン王国第一次遠征の最終戦となった会戦での奇襲作戦が失敗してしまい、ミルトン王国第一次遠征軍の最高司令官だったバルバロスがそのまま戦いを続行した場合は大規模な消耗戦になると判断して、それを嫌ったためである。

このとき、バルバロスは敵中に孤立した伏兵部隊を救うため、無茶とも、無謀とも言える突撃を敢行しており、その様子を記した軍監の記録にこうある。

『紅蓮《ぐれん》の槍、老いてますますその炎を猛《たけ》らす。

配下の赤備えと共に敵陣へ斬り込めば、敵兵は恐れ慄き、道を譲り開ける。

その姿、堂々として、無人の荒野を行くが如《ごと》し。

しかし、その歩みを阻む者あり。其《そ》はボロを纏《まと》った奴隷なり。

槍を将軍に突きつけて、一騎打ちが始まる。両軍、おおいに沸き立つ』

紅蓮の槍とはバルバロスのことを指す。当時、彼が呼ばれていた二つ名である。

だが、このボロを纏った奴隷が何処の誰なのかが解らない。アルビオン王国側の記録にも、ミルトン王国側の記録にも、ただ奴隷とのみ記載されている。

更に付け加えるなら、この一騎打ちの結果もうやむやになっている。

一騎打ちの最中、バルバロスが率いていた兵たちが孤立していた奇襲部隊との合流に成功。これを機にアルビオン王国軍も、ミルトン王国軍も総撤退しており、双方ともに明確な記録が残っていないためだ。

ここで注目したいのが、ニートの出自である。

アルビオン帝国は記録で否定しているが、ニートは元奴隷。それが今現在の最有力説であり、彼が槍の名手であったのはあまりにも有名な話。

また、この会戦の後、バルバロスは行方不明となり、一時は戦死扱いとなるが、約一年後に自領へ帰郷したとき、ニートを従者として連れていた事実がある。

つまり、このときの奴隷こそがニートなのではなかろうか。

武人同士、同じ槍という武器を持つ者同士、一騎打ちの末に何か通じるものがあり、バルバロスがニートという英雄をアルビオン王国へ導いたのではないだろうか。

すべては憶測に過ぎないが、そう考えると辻褄《つじつま》が見事に合い、これがアルビオン史における定説となっている。

浦賀やまみち（うらが・やまみち）

新潟県出身。高校卒業後に上京。CGデザイナー、ゲームセンター店長などを経て、現在は地元の新潟在住。とあるサイトの管理人に小説の感想を送っていたところ「あなたも小説を書いてみませんか。一緒にサイトを盛り上げてください」と言われ、作文は苦手だったが1998年から創作活動をはじめる。2014年より「小説家になろう」への投稿を開始。本作がデビュー作となる。

レジェンドノベルス
LEGEND NOVELS

無《む》色《しょく》騎《き》士《し》の英《えい》雄《ゆう》譚《たん》 1

2018年11月5日　第1刷発行

［著者］　浦《うら》賀《が》やまみち
［装画］　ヤマウチシズ
［装幀］　AFTERGLOW

［発行者］　渡瀬昌彦
［発行所］　株式会社 講談社
〒112-8001 東京都文京区音羽2-12-21
電話　［出版］03-5395-3433
［販売］03-5395-5817
［業務］03-5395-3615

［本文データ制作］　講談社デジタル製作
［印刷所］　凸版印刷 株式会社
［製本所］　株式会社 若林製本工場

N.D.C.913 254p 20cm ISBN 978-4-06-513589-1

レジェンドノベルス
LEGEND NOVELS